U0528530

도도한 생활

金爱烂 作品集

滔滔生活

［韩］金爱烂 著
徐丽红 译

人民文学出版社

著作权合同登记号 图字 01-2020-6302

도도한 생활（originally published as 침이 고인다 in Korean）
© 2007 by Kim Ae-ran（金愛爛）
First published in Korea by Moonji Publishing Co., Ltd.
This simplified Chinese edition is published by People's Literature Publishing House Co., Ltd. in 2022 by arrangement with the author through KL Management.
All rights reserved.

图书在版编目 (CIP) 数据

滔滔生活 /（韩）金爱烂著；徐丽红译 . —北京：人民文学出版社，2022（2025.6 重印）
（金爱烂作品集）
ISBN 978-7-02-017176-7

Ⅰ.①滔… Ⅱ.①金…②徐… Ⅲ.①短篇小说—小说集—韩国—现代 Ⅳ.① I312.645

中国版本图书馆 CIP 数据核字（2022）第 084092 号

责任编辑	张海香
装帧设计	李思安
责任印制	王重艺

出版发行	人民文学出版社
社　　址	北京市朝内大街 166 号
邮政编码	100705
印　　刷	河北新华第一印刷有限责任公司
经　　销	全国新华书店等
字　　数	132 千字
开　　本	880 毫米 ×1230 毫米　1/32
印　　张	7.375　插页 3
印　　数	32001—36000
版　　次	2022 年 10 月北京第 1 版
印　　次	2025 年 6 月第 11 次印刷
书　　号	978-7-02-017176-7
定　　价	45.00 元

如有印装质量问题，请与本社图书销售中心调换。电话：010-65233595

目录

"我想抓住那道光"
——读金爱烂的小说（译本序）　张怡微 / 001

滔滔生活 / 001

口水涟涟 / 030

圣诞特选 / 058

过子午线 / 085

刀痕 / 114

祈祷 / 138

方寸之地 / 164

孩子和岛 / 190

作家的话 / 221

"我想抓住那道光"
——读金爱烂的小说
（译本序）
张怡微

2017年对于韩国文学而言可能是一个"女性"之年，即使不关心韩国文学的中国读者也能感受到强烈的音讯。女作家赵南柱2016年的作品《82年生的金智英》突然流行起来，成为韩国全民热读书。关于这部小说的话题骤然增多，热潮也很快传递到中国的社交媒体，后来结合热门日剧《坡道上的家》（原著为角田光代2016年小说作品），是东亚地区最热门的女性文学话题之一。有人说，《82年生的金智英》是三十岁左右的韩国女性生存报告书，还听说，韩国部分男性对此并不买账，甚至疑惑反感，因为他们认为自己才是无差别兵役制的承担者，韩国女性则不必无差别交出生命中完整的两年时间为国家战略服务。韩国出版界趁热打铁，集结女性作家推出了一系列诗歌、散文和小说，回应相关社会话题，甚至形成了真正的公共事件，引爆知名男性作家丑闻，国民文学偶像坍塌……在东亚女性运动史上，展现了文学的强大能量。更因为地缘相近、命运相似，中国女性对这场运动也十分有共鸣。值得注意的是，许多并不读小说的女性也开始关注女性作家和她们的作品。

在这一背景下，我们来阅读金爱烂的小说，会有一种十分复杂的感受。也是在 2017 年，金爱烂在韩国文学界拥有很好的奖运。她凭借短篇集《外面是夏天》获得了第四十八届东仁文学奖，书中《您想去哪里》帮助她赢得第八届年轻作家奖，《沉默的未来》为她赢得第三十七届李箱文学奖（《外面是夏天》由人民文学出版社 2019 年引进出版），成为了史上最年轻的李箱文学奖得主。一方面，金爱烂成名已久，她并不是 2017 年文学改变社会运动的旗手，能在 2017 年获得相当的成就是必然中的偶然。另一方面，金爱烂的存在反而会提醒我们，当矛盾复杂的社会问题成为公共事件，文学的任务究竟是什么。

我第一次读到金爱烂的小说，是 2017 年人民文学出版社引进的《你的夏天还好吗？》。同题《你的夏天还好吗？》不愧是名作，小说写作的是一个心碎的爱情故事。在大学暗恋前辈的胖姑娘女主，因为前辈较为善意地关注过她、说过友好的话，就陷入了卑微的暗恋中。前辈所有的行为,都带着光芒,照射进女主不太自信的情感生活中。即使是听人说起前辈是那种会为同事们光顾风月场所站岗买单、自己在外面冷到发抖的狼狈社畜,她也将信将疑。她为了他减肥,为了他提升自己的人生,甚至为了他突然发来的短信,明明要去参加小学时救过她的男生的葬礼却愿意临时赶去见面。见面以后,前辈却提出了让她觉得非常羞耻的请求,希望她能参加大胃王节目的比赛。说是比赛,其实并不公正,一切都有预演。前辈请她来是因为她胖,可以衬托一个瘦而性感的大胃王美女。录节目的时候,前辈用她曾经感动过的昵称"小家伙",提醒她抬起满是芥末和番茄酱的脸。她居然还曾遗憾过,他没见过她最瘦的样子。他提醒她像平时一样吃就好了的话语,狠狠刺伤了她……值得注意的是,小说里出现了很多"光",都是单恋的幻觉,比如前辈的侧脸所处的"蓝光"。摄影棚里有百盏照明灯,倒是现实的,把她最丑的样子、被特地安排穿上小一号衣服突出身材缺陷的事实照得很辉煌。小说的结尾,她没有赶上同学的葬礼,天也黑了,家里天花板上有流动的光影,让她想起来小时候溺水时水波的光芒。濒死时,她曾想抓住的那道光描写得很细致,她却背叛了那道光。金爱烂十分会写破灭的象征,爱的萤火被大胃王比赛的灿烂强光所射散,剩下的就只有苍白的滔滔生活了。这残酷的爱情故事,天花板上的荧光欲灭不灭,可能也象征着不安的欲望和爱情幻觉的魔力。丧礼的存在，预示着食物链条一般青春爱情的死亡，你救我、我救你，都是幻觉。但那些光，曾经太温暖，看到过的人就忘不掉了。

　　喜欢金爱烂的读者，很容易就会捕捉到千变万化的文学创造背后那双犀利的女性冷眼。她十分敏感又敏锐，扫描过城市里受苦的芸芸众生，尤其是女孩子，她们出身普通、长相普通、抓紧稀少的可能性坚持学习、打工、为未来的生活累积资源，她们不那么相信爱情，但什么也不信同样需要很刚强。她们的身体和精神日复一日经历着希望的损耗，她们看得到父亲的衰弱，看得到男友的懦弱，看到操劳又忍耐的母亲、姐妹，等她们再看回自己，只觉得惘然、荒谬、愠怒。金爱烂笔下的苦涩和困惑，是她精心提炼过的苦痛，鞭打过小心敏感又真挚的内心。她的许多故事，经由选材、编织和叙述的过程，会令日常生活裸露在文学世界的物质材料显出原始的粗粝质地，仿佛"某种极度透明的不幸"缓缓褪去了遮羞布。只有更强大的内心，才有勇气去逼问更具精神意义的问题，人为什么要这样活着啊？艰苦的条件的确为女性创造了新的心理环境，她们绕开了一些远古的障碍自力更生，重建自己和社会的关系，重建是痛苦的，但向往幸福的本能并未泯灭。

在《滔滔生活》里，同题故事是我最喜欢的。这是一个和钢琴有关的故事，但又不只是在说贫困家庭音乐学习的历程。饺子馆家的女儿，在母亲难得的经济庇护下有机会学习钢琴，但天有不测风云，父亲因为为人做保破产，家里负债。钢琴是家里剩下的唯一值钱的东西，母亲却坚持没有卖，而是搬去女儿在首尔租住的"半地下"。搬家工人不理解，为什么会有人把钢琴这种东西搬到"半地下"（"不是洗衣机，不是冰箱，竟然是钢琴"），在普通人看来，"半地下"和"钢琴"隶属两个世界，新房东也禁止她们弹钢琴（"最后我们多付了管理费，并以绝对不弹钢琴为条件打发走了房东。房东转身离开时又说，既然不打算弹，为什么要带来呢"），至此，"钢琴已经毫无用处了。妈妈好像把钢琴当成了某种纪念碑"。就这样，一架钢琴，一个并不算有天赋的学习者，和姐姐一起受困在被经济游戏惩罚的狭小空间中。唯有这架不能弹奏的钢琴，象征着已逝的生活的希望。有一天，女主弹了一个音，房东就来责问她。她只能用手机里数字的声音，幻想音阶。一场暴雨让本就窘迫的生活更加狼藉，雨水和脏水灌满"半地下"的家，此时幻象产生了，"那一刻，仿佛有一辆全速飞驰的摩托车发出轰隆隆的声音，从我心头划过。摩托车扬起的尘土间，几千个饺子犹如气泡般若隐若现。姐姐的英语书、电脑和'匚'字符、爸爸的电话、我们的名字都飘到空中，随后爆裂"。钢琴被黑水淹没，心疼的钝痛让人产生幻觉，讽刺的是，当钢琴即将被毁坏，反而可以肆意弹了（"我在黑雨荡漾的半地下室里弹钢琴"）。这又是一种心碎，晶莹剔透的心碎甚至演化为艺术的诞生，那是最"金爱烂"不过的文学世界拉开帷幕。在当下这样一个看似特别歌颂有序、高效、饿不死的时代里，她看到的个体生命、悲伤故事，她看破的希望的幻象，她记录下的破灭，渗透在文字的肌理，呈现出罕见的能量。在字里行间，她不只有对女性命运的感悟。女性只是通往艺术世界的媒介。事实上金爱烂看到的，或者说指引我们读者去看的，是荒谬的存在情境里时间陷落的深渊式状态。她们都是努力的人，但，既没有传统可以依靠，也没有未来值得相信。没有奇迹了，奇迹是黑水倒灌创造出的更深邃的劫难。钢琴本该弹奏出的最精致、最美好的声音被禁止出声，唯有在黑水世界，它可以被强有力地弹奏。他们一家已彻底失去那个"最精致""最美好"的希望，连最后一个音符也被物理性地剥夺了，钢琴损坏了，纪念碑被冲刷，真是一个悲剧性的故事。

小说集《滔滔生活》中的其他故事，如《口水涟涟》写作了都会女性极度疲惫而辛劳的职场生涯；《圣诞特选》写作了经济拮据的年轻男女面对"节日"精打细算的心路历程（"圣诞节犹如瘟疫般归来")。《过子午线》巧妙处理了主人公的生命时间，却好像在提醒读者作者有着非同寻常的补习培训经验，她曾在不止一篇小说中记录辅导学院的生活，那里人数众多、阶层明晰，是普通人勤工俭学的选择，却也提出了非常深刻的问题，那么多人试图通过教育改变命运，最终为何（在其他的小说里）也没有让生活变得更好呢？《刀痕》刻画了刻板印象中韩国家庭的生活，事不关己的父亲、勤劳能干的母亲，"刀"是主人公亲情记忆的物象投射，"善于用刀的妈妈仍然有切不断的东西"（如糟糕的婚姻），父亲却因为欠高利贷只想用刀自杀，最后母亲逝世，葬礼热热闹闹办得漫长。只在一些相似的用刀行为模式中，作者努力回避着最伤痛的思念，刻意轻盈遮盖起生活种种不堪回首的细节。换句话说《刀痕》将更多笔墨分布在母亲的葬礼，是颇有深意的射击。母亲在故事发生时已经不在场，母亲留下的好多幽默的回忆都沾满了心酸。

金爱烂写得最生动的，是韩国年轻人的贫穷。对地铁站名的敏感，不断转换的面店、饺子店，精确的打工报酬数字，精确的约会开销……无一不提醒我们生活的重压。时不时出现的家庭负债，又似乎暗示着长辈穷人们忙着投机和博弈，背后可能是对于幸福生活的绝望。在她的故事里，几乎没有可以成为榜样的父亲和母亲，太多失败者并非让80后一代真的对社会机制、亲密关系没有反思,而是无力反思("真的好累啊")。真正的爱情从未降临。作者没有将埋怨和公正的议题直接抛给抽象的男性群体,而是把一些缺乏责任感的普通人偶然设置为"父亲"或"男友"。这在她的另一篇小说《她有失眠的理由》(收录在短篇集《奔跑吧,爸爸》)中也有体现,小说里的爸爸不仅不是女儿可以依靠的人,反而会成为女儿的恐惧和担忧。他一出现总不会有太好的事,至少阻断了女儿本来有序的成长轨道。为什么会这样呢?这是金爱烂抛给我们的很好的问题。父亲变得越来越衰弱、越来越让人头痛,这是谁的错呢?在金爱烂小说中揭示的世界,深藏着上世纪九十年代以后韩国社会生存压力的后果。《过子午线》中雨后春笋般出现的首尔鹭梁津一带的补习学校,挤满了高考复读生和其他考试的年轻人,他们生活在逼仄简陋的空间里晚睡早起,最后上了大学,依然只能回这样的学校当讲师。与此同时,消费文化又为年轻人布置了等级森严的生存仪式,如《圣诞特选》中因为没有合适的衣服而婉拒男朋友共度圣诞的妹妹,现实冷峻如雪,作家将这些体验都划归为生活本来的样子,它是有温度的,是寒冷的。与此同时,它也是有光芒的,大部分光是假的,这就使得真正的光明变得尤为可贵。

我希望金爱烂能写得更多。也希望这本小说集能被更多人看到。

生活的长夜仓促来了,唯有好看的小说能给我们一些简朴而隽永的星光。

2021 年 10 月

滔滔生活

在音乐学院，我最先学会的是弹"哆"。因为这是第一个音，更因为要用第一根手指弹。按下琴键，"哆"勉强发出"哆——"的音。为了记住刚才的"哆"，我又一次按下琴键。"哆"好像有些慌张地发出"哆"音，然后注视着自己的名字经过的轨迹。我坐在声音彻底消失之后的地方，挺直小指，僵住不动。午后的阳光透过绿色的玻璃窗贴膜，浑浊地照射进来。寂静流过钢琴和初次触摸钢琴的我之间。我像是吐出一个慎重挑选的单词，低声地喃喃自语。哆……

手放在键盘上的方法看似简单，其实很难。老师让我放松，做出轻轻抓握的手形。当时我不相信在不用力的情况下可以抓握某件东西，也不相信世界上会存在这样的事。我从早到晚用两只手指练习"哆来、哆来"。同时按下低音和高音，低音持续更久。这是我后来才知道的。

  钢琴的琴键形状都一模一样。颜色或黑或白，又有相同的尺寸和质感。我常常忘记"哆"的位置。这个不是"来"，是"哆"。这个不是"咪"，是"发"。触摸琴键之前我无法确信。我要找的"哆"位于从左侧边缘开始的第 24 个琴键。每当我在琴键上迷路时，我就从 1 数到 24。这样就找到了"哆"，然后我能做的就是再弹一下"哆"。我喜欢这个身躯庞大，性格内向的乐器发出的第一个声音，顽固而平静的"哆——"的震颤。庆幸的是，只要找到"哆"，弹"来"就容易多了。"来"就在"哆"旁边。"咪"在"来"旁边，"发"是"咪"的下一个。最重要的是找到"哆"。

  练琴室的门上写着已故音乐家的名字。我坐在贝多芬室里练习"哆来哆来"。我在李斯特室里弹奏"哆来来"，在亨德尔室里弹奏"哆来咪发唆"。只用两根手指的时候，我觉得还可以，用三根手指时扬扬得意地以为很简单。直到要用五根手指了，我才会大呼太难了，学不会。我所在的小镇只有一家音乐学院。那里简单地教钢琴，教长笛，也教演讲。幸好没人报名学习小提琴或长笛。如果有人想学，院方首先就会劝阻。附近会拉小提琴的只有音乐学院院长的女儿。每当学校有才艺表演的时候，这个孩子就身穿带翅膀的连衣裙弹奏连小学生都听不下去的小提琴曲。听着她蹩脚的演奏，我第一次产生了想要打人的冲动。我不知道为什么音乐学院要教演讲。演讲又不是音乐。不过，好像也有人在这里学演讲。有的是即将参加演讲比赛的学生，有的是因为性格内向而被父母拉来学习的孩子。我在练琴房里享受第一个音干净消失的感觉，别处常常传来撕心裂肺的喊声。贝多芬耳朵聋听不见，我却第二次产生了打人的冲动。总之，这是没有亨德尔的亨德尔室，没有李斯特的李斯特室。我连他们是谁都不知道。

练琴累了的时候，我就描画各个声音的表情。"来"是眼角斜视，"唆"是踮起脚。"咪"擅长装糊涂，"发"比"唆"低，好像更快活。我渐渐适应了这五个音，也理解了钢琴不是键盘本身发声，而是通过"打击"内部的什么东西来制造声音。同时我也明白，越是高音消失得越快，每个音都有自己的时间。不同的音符汇聚起来成为音乐，或许就是不同的时间相遇，从而导致某个事件的发生。

问题开始于"拉"。遇到"拉"之前，我就一直犯愁。五个手指弹奏五个音，这没有问题，也符合常识。当五个手指弹奏六个以上的音时，我就不知所措了，好像只懂五进制的文明人遇到了十二进制。我想遇到"拉"，却又觉得一旦和"拉"遭遇会有麻烦，所以我感到恐惧。我不喜欢困难，很多曲子就是用五声音阶谱成的。一辈子只弹五个音不行吗？学习"拉"那天，我屏住呼吸，注视着老师手上的动作。老师在我旁边弹了"哆"，和我弹的方式一样。老师弹了"来"，也和我一样。老师不出所料地弹了"咪"。我有些焦急。紧接着，老师弹下"发"的瞬间，感觉有什么东西掠过我的眼前。她没有用无名指弹奏，而是迅速把拇指移到"发"的位置，然后用第二根指弹了"唆"。其他的手指自然而然地触摸"拉"和"西"。哆来咪发唆拉西哆。完整的七音阶。我看着老师手上的动作，感叹似的喃喃自语。现在，我似乎知道音乐是什么了。

我不知道经营饺子馆的妈妈怎么会想到让我学钢琴。她不贪心，也不会强求什么。妈妈没有学问，常常对自己的教育选择没有信心。当时的妈妈是在追随某种"普通"的标准。就像去游乐园，去博览会，某个时期都流行着当时该做的事。回忆起来，小时候去博览会，去博物馆并没有什么意思。但是送我参加博览会之后，妈妈会陪我去游乐园，这让我对妈妈心生感激。虽然这只是每个人都经历过的普通的童年程序，可是我会想起流露出无知的眼神、冲着时代潮流点头的妈妈，想起她带着包好的紫菜包饭踏上旅游车时疲惫的脸孔。偶尔我会想起我在旋转木马上面尖叫的时候，一手遮着脸躺在长椅上的妈妈。脱掉鞋子、小憩片刻的妈妈，她的面孔不正像"哆"一样低沉而宁静？我模仿妈妈的样子,躺在琴凳上。老师看着我,是不是像"拉"一样惊讶?那时我觉得每天最重要的就是"妈妈,请给我 100 元钱①",然而在这种情况下,我却坐在没有亨德尔的亨德尔室里学音乐。妈妈像贝多芬一样披散着头发包饺子。恰好在那个时候,我们镇上开了家音乐学院,而妈妈的饺子生意也很红火。也许正是因为这样,我才有机会学音乐。

妈妈给我买了钢琴。蓝色卡车从镇上掀起尘土飞驰而来,停在我家门前的时候,我记得妈妈特别开心。不是洗衣机,不是冰箱,竟然是钢琴。这让我莫名地以为我们家的生活质量顿时变得时尚起来。钢琴是用淡黄色的原木制成,看上去要比音乐学院的钢琴更好。原木上刻着优雅的藤蔓浮雕,金属踏板泛着淡淡的光泽,盖在键盘上的红色防尘罩的颜色又是那么煽情。单从色泽来说,就截然不同于我们家原有的家具了。唯一尴尬的是钢琴没有放在普通人家的客厅,而是放在饺子馆里。我们家的生活起居都在同一个空间里进行。这个房子在白天属于客人,晚上才是我们家人铺上被子睡觉。钢琴放在我和姐姐住的小房间里。大卧室对着厨房,小卧室对着大厅。

整个下午,我就待在店里弹钢琴。我踩着具有强音效果的右踏板,

---

① 除特别说明,文中货币皆指韩元。1 元人民币约合 190.15 韩元。

装模作样地弹奏《少女的祈祷》和《水边的阿狄丽娜》。蒸笼里呼呼冒着热气,商贩和农夫们穿着沾满泥土的长靴在大厅里吧唧吧唧吃饺子。在这样的空间里,我的演奏会让人在吃完饺子后哭着离开饺子馆;虽然简单又好听,其实很土气,所以有人从门前经过时,我会感到脸红。如果遇到直性子的人,可能会掀翻饺子盘,大喊:"够了!"有一次,我弹完钢琴,听到有人鼓掌。转头看去,只见大厅里有个白人男子拍着手大喊"Wonderful"。我和外国人之间流过尴尬的沉默。我很惭愧,却还是羞涩地说"Thank you"……面粉颗粒在阳光下纷纷飞舞,触摸键盘的手指下埋藏着白色的指纹。

我在学院里学习了大约两年。这期间我学完了两本拜厄,开始接触车尔尼和哈农。车尔尼,这个名字听起来就像从异国吹来的风,带给我不同于肥猪肉和甜萝卜的共鸣。与其说我想学车尔尼,不如说我想听到车尔尼这三个字。

生意结束后,妈妈躺在小卧室里听我弹钢琴。我跟随妈妈用脚打的拍子演奏《朱鹮》和《思念哥哥》[①]。妈妈的脚在半空里打着拍子,袜子前尖浸透了洗碗水。那只脚就像妈妈飘浮在半空的内心一角。爸

[①] 两首都是韩国家喻户晓的儿歌。前者描绘飞翔的朱鹮,后者描写离开家乡去首尔的哥哥。

爸更擅长唱歌，然而想听我弹琴的常常是妈妈。爸爸负责送外卖。爸爸把煎饺、蒸饺和水饺送到小镇各处，经常多管闲事，开些无趣的玩笑。那时店里特别忙，可是经常找不到爸爸的人影，要么是送完外卖顺便跟人赌起了钱，要么就是在小商店门前玩娃娃机。有一次，爸爸整整一天没来饺子馆，妈妈为此大发雷霆。外卖订单全部取消。妈妈在蒸笼和电话间不停地穿梭。日落时分，爸爸悄悄打开店门，走到大厅，因为打不开卧室门而来回踱步。也不知道他是怎么想的，竟然喊出正在小卧室玩耍的我们，说要教我们唱歌。难得见到爸爸这么温柔，我们都很开心，乖乖地从小卧室里爬出来。爸爸把推拉门打开一半，开始唱歌。爸爸唱一句，我们跟着唱一句。爸爸低沉的嗓音在傍晚的小镇上空回荡。"故乡有多远，蔚蓝的天空，可是同一片天……"奇怪啊！爸爸的故乡明明就是这里，可是他的神情又是那么凄凉，仿佛他还有另一个故乡。"白色洋槐花在风中飞舞……"三个探出门外的脑袋唱着同样的歌曲，卧室里阒寂无声。也许妈妈在想，早在很久以前，从她喜欢上这个歌声动听的男人时，她的不幸就开始了。

当时我九岁，弹琴的时间不如捣乱的时间多。每次听到玻璃哗啦啦破碎的声音或者姐姐的尖叫声，妈妈都会放下手中的饺子皮，飞快地跑过来揍我们一顿，再箭一般冲出去蒸饺子。妈妈总是很忙。孩子要快快地打,快快地长大,饺子要更快地蒸熟。妈妈的擀面杖打在我身上的时候,面粉扑簌簌地飞到四面八方。虽说我懂点儿音乐,可是面对毒打,我仍然只是张大嘴巴,发出呜呜的哭声。有一次谱架断了,便代替擀面杖打在我身上。稍微长大些之后,我不再呜呜地哭,而是嘤嘤啜泣。那时,我第一次觉得乐器好可怕。

音乐学院有很多钢琴弹得好的孩子,不过弹得不好的孩子更多。没有定期调音的钢琴全都患上了鼻窦炎。相框里的贝多芬和莫扎特坐在小学生们制造出的噪声中间,流露出无比厌倦的神情。孩子们懒懒散散,老师也是例行公事,我却觉得学钢琴很有意思。指关节下冒出的声音律动令人愉悦,内心深处荡漾着某种情感,促使我心生思念。这种感觉我也很喜欢。奇怪的是即便如此,我依然没有要把钢琴弹"好"的念头。我只想适当地弹琴。妈妈彻底还清钢琴的分期付款时,我放弃了在学院里继续学习。当然,也不一定是这个原因。我没有厌倦,只是觉得学到这个程度就够了。我这么容易满足,可见也没什么才华。

吃着饺子馅儿长大的我,乳房开始漂亮地隆起,向全身发出奇怪的信息。我穿着75A的文胸上了中学。钢琴也不如以前弹得多了。我在不好不坏的水准之内挑选差不多的乐谱,弹奏流行歌曲,都是电视剧主题曲或者排行榜上名列前茅的歌曲。弹琴时,我总会记得使用踏板,让声音变得夸张。嗡嗡的振动声中有着某种梦幻感带给我的悲伤,还有对无法继续深入的车尔尼世界的不舍和思念。我没有继续接受培训,就这样上了高中。当我问及自己的前途,爸爸和妈妈面面相觑,好像出了什么差错。我们只能相信当时的"传言",什么理科毕业容易找工作,什么女孩子做老师最好,什么与其上首尔的三流学校不如读地方的国立学校。每当听到这些,我都会表现得很严肃,仿佛得到了至关重要的信息,不过转头就忘了。我的月考成绩毫无规律,然而文胸的钩扣却在一格一格地放大。钢琴被遗忘在饺子馆的角落里,蒙上了灰尘。我不再弹钢琴。很久以后的某一天,我背着行囊离开了家,手插在口袋里走过拥挤的人群,一个念头浮现在我的脑海里。这个房间,这条街道,这座市场和那间工厂,这条胡同和那条走廊,树荫下,汽车里,人们是不是偶尔也会发出"哆——哆——"的声音。每个人出生时会不会带着属于自己的音节,一个可以不由自主、毫无来由就会发出的音节。小时候我学了点儿音乐,知道了这种声音的名字,因此我或多或少地欠下时代潮流一笔债。

*

　　饺子馆里进了些萝卜干。萝卜干泡水之后,妈妈再用粗布包起来,放进"脱水机"里旋转,就是只有脱水功能的苗条的金星牌甩干机。甩干机的水管很长,从库房连到厨房下水口。每隔两三天,妈妈去库房转一次甩干机。只要妈妈进库房,水管里就会涌出大量的水。我还以为那就是哭声发出的房间。懂事之后,我知道自己理解错了。然而几年后,妈妈真的在库房里抱着膝盖哭泣。那是我去首尔之前,高三的寒假。妈妈和往常一样正在挤压萝卜干,电话铃响了,她去了厨房。妈妈好像对着话筒解释和恳求什么。我在卫生间里看到了这一幕。中午的生意刚刚结束,饺子馆里只听得见甩干机的轻微震动声。妈妈又回到库房,蹲在甩干机旁,稀里哗啦地哭了起来。爸爸去雪岳山赏枫叶了,姐姐写了休学申请。望着水从通向黑暗的水管里流出,我突然意识到,我们家完了。

　　那段时间我考上了首尔的大学,四年制本科的计算机系。关于计算机,我也只是会打字,但是我心里怀着茫然的期待,觉得毕业后或许能找到好工作。当时,我的朋友们大部分都是这样上的大学。茫然地考上国语系，茫然地去了私立大学，带着茫然的自卑感或优越感毕业，上大学。尽管我们通常不是根据"专长"，而是根据"成绩"填报志愿。我们大都不知道什么是人生规划，也不知道自己想做什么。年长我两岁的姐姐在首尔某专科大学学习"口腔技工"，主要学习假牙的制作技术。姐姐说，直到填报志愿的前一天，她都没想过要一辈子为别人做牙齿模型。很长一段时间，我连自己考上大学的消息都没来得及说，只是练习迎新会上演唱的歌曲。

妈妈决定在贴封条之前变卖值钱的物品。爸爸和我点头，努力寻找值钱的东西。不过十分钟，我们就发现家里能够卖上价钱的只有钢琴，而且也只能卖上 80 万。妈妈想了想，决定不卖钢琴。我摆摆手说，如果是因为我，那大可不必。我已经很久不弹琴了，而且真的没有任何留恋。钢琴上的玩偶睁着圆圆的眼睛。那都是爸爸从娃娃机里抓来的。经过深思熟虑，妈妈还是决定先把钢琴留下。

"怎么留下？"

妈妈慢慢地开口了，她说我可以把钢琴带到首尔。

"……"

"那是半地下啊，妈妈。"

妈妈不可能不知道。我继续劝说妈妈卖掉钢琴。其实对我们来说，钢琴已经毫无用处了。妈妈好像把钢琴当成了某种纪念碑，说不定情况会好转呢，所以……说到这里就含糊了。最后我不得不带着钢琴去首尔。我离家那天，爸爸把摩托车的减震调到最大幅度，一边在路上飞驰一边哭泣。车速达到最快的时候，爸爸抬起前轮哽咽着说，孩子们，千万不要给人做担保！爸爸在塑料大棚旁边点头哈腰地被开了罚单。罚单如数送到在饺子馆干活的妈妈手里。

姐姐很不情愿的样子。趁着舅舅抽烟的工夫，我努力解释清楚。我以为妈妈都告诉姐姐了，没想到姐姐什么都不知道。姐姐郁闷地说：

"这里，是半地下。"

我小声回答：

"我也知道的。"

我们坐在卡车前面，抬头看着钢琴。钢琴像是没落的俄罗斯贵族，自始至终保持着体面，优雅而淡定地站在那里。舅舅的卡车挡在路中间。我们急忙戴上棉手套。舅舅抓住钢琴一角，我和姐姐抓住另一角。舅舅发出信号。我深深地吸了口气，猛然抬起了钢琴。一九八〇年代产的钢琴在世纪末的城市上空短暂地飞翔。那个场面太美了。我几乎要赞叹出声。我们一步步挪动。双腿瑟瑟发抖，身体直冒冷汗。人们对我们指指点点。一辆轿车在后面鸣笛，似乎在催我们让路。不一会儿，住在二楼的房东穿着运动服走了下来。五十多岁的中年男人，圆滚滚的身材，看长相是那种按部就班做晨练的人。他站在门前哑然失色，似乎很难相信眼前的一幕。我托着钢琴，尴尬地点头微笑。姐姐也用眼神向男人问好。钢琴慢慢地把头探到又窄又陡的楼梯下面。不是洗衣机，不是冰箱，竟然是钢琴。我们的尴尬又多了三分。突然，咣的一声！可能是舅舅没抓住，钢琴叽里咣当地滚下楼梯。我和姐姐急忙抓住钢琴的腿。在嗡嗡的共鸣中，发出多个时间在乐器里重叠的声音。钢琴上面的藤蔓图案在摇摆，像坏掉的弹簧。好像是撞掉了。直到这时我才知道，原来以为的浮雕其实是用胶水粘上去的图案。我们看了看舅舅的脸色。舅舅做个手势，示意没关系，然后继续下楼。我并不担心舅舅受伤，也不担心钢琴的状态。相比之下，那个"咣——"的声音，回荡在我初到的城市里，这个真实、巨大而露骨的声音让我红了脸。房东明显看不惯，却又很无奈，轮番打量着姐姐、我、钢琴和舅舅，最后又去看钢琴。

"同学。"

房东叫住姐姐，姐姐麻利地上楼。我看到姐姐在出口方向，方形的阳光下努力解释着什么。姐姐同时向轿车司机寻求谅解。最后我们多付了管理费，并以绝对不弹钢琴为条件打发走了房东。房东转身离开时又说，既然不打算弹，为什么要带来呢？

那天晚饭我们吃的是饺子。妈妈放在冰桶里带给我们的。热腾腾的饺子滑入食道，姐姐说，终于感觉身体安定下来了。姐姐说每咽下一个饺子，感觉都像是在吞咽妈妈。我用双手掰开一个大饺子。粉丝、韭菜、豆腐和猪肉做成的馅儿像爆竹似的弹出来，吐出白茫茫的热气。突然，我的脑子里冒出一个念头，二十多岁的姐姐和我，我们的肉体会不会是用妈妈卖过的几千个饺子做成的呢？

"可是爸爸，为什么会那样呢？"

姐姐喝了口雪碧，问道。我根据自己了解的情况简单做了回答。爸爸的朋友要开自助烤肉店，贷款时请求爸爸做担保。从几年前开始，小镇周边就出现了大大小小的工厂。爸爸的朋友自信地说，只要这些人在我这里聚餐一两次，盈利就不成问题。那段时间，爸爸的前辈也开了一家练歌房。他的说法是，人们聚餐的时候，难道吃完烤肉就回家吗？爸爸做了双重担保。不知从什么时候开始，工厂接二连三地关门，自助烤肉店倒闭了，练歌房也摘了牌子。担保，担保的担保，担保的担保的担保，犹如多米诺骨牌似的坍塌，一环扣一环，最终停在饺子馆前。整个小镇都彼此欠债，可是这笔债就像谁也不曾碰过的幽灵。姐姐吮着筷子问道：

"那是谁的错呢？"

我说不知道，只感觉这像某种极度透明的不幸。我又补充说，让人感觉不真实。就好像我从明天开始就要出去打工，忍受巨大的疲劳，现在却无法想象多米诺骨牌的尽头，也不能埋怨什么。

"姐姐，你为什么休学？"

姐姐望着气泡渐渐消失的雪碧，说道：

"家里的情况在那儿摆着，我也不知道这条路是不是应该继续走下去。"

我对于这种情况下还在考虑"专长"的姐姐感到失望。我希望有人快点儿找工作，减轻家里的负担。姐姐说她后悔因为听说好找工作而匆忙填报志愿，后悔没能考虑好自己的天分以及职业环境。学习室发生煤气爆炸事故后，她就开始感到恐惧，腰间盘和咳嗽也让她受了很多苦。我对姐姐心生歉疚。

"我听学校里的前辈们说，现在划分阶层的不是房子和汽车，而是皮肤和牙齿。"

"真的吗？"我反问。不过转念一想，似乎也有道理。

"不过，是不是有点儿恶心啊。牙齿代表阶层？"

我怔怔地在脑海里想象着上等牛在市场上张大嘴巴的情景。

"自从听到这个说法以后，我会不由自主地看别人的牙齿。一方面是专业的原因，还有就是明星艺人的牙齿都洁白整齐，所以我误以为这就是普通的标准。"

我摇了摇头,"完全整齐"的牙齿或许根本就不存在吧。姐姐说起了她的男朋友。因为年龄差距太大,直到他们分手,妈妈都不知道有这个人存在。几天前那人喝得酩酊大醉,来找姐姐。他们彼此的情分没有断,心里应该很痛苦。姐姐一开门,他就跌倒在地了。

"然后呢?"

"我帮他脱掉鞋子,想把他挪进房间,可是他一动也不动。我只好蹲在他面前。突然,我情不自禁地把手伸到他的脸上,掰开他的嘴唇。我在观察他的牙齿。"

"牙齿?"

"嗯,我讨厌自己的做法,也很抱歉,可是我真的想看看他的牙齿。我认识他两年多了,还是第一次这么仔细地观察他呢。从张开的嘴唇间,可以看到十几颗小小的牙齿。黄色,不整齐,又小又旧的牙齿。"

我盯着姐姐的脸。

"我蹲在他面前,盯着他三十年来嚼东西用的牙齿。那个瞬间,我莫名其妙地感到悲伤。"

"失望吗?"

"不是。"

姐姐迟疑着,像是在选择合适的说法。

"有时候在学校做假牙,我会觉得人和动物真的没有区别。那天,怎么说呢,我觉得自己拥抱的不是恋人,而是和自己最亲近的动物。"

"……"

我们铺开被子躺下。地板上的空间勉强容得下两个人。电吹风、收音机和电熨斗等杂物摆到了钢琴上。房间像个二手店。透过窗户,可以看到地上的路像电线一样长长地铺开。每当行人的脚后跟碰触地面,路面就会轻轻颤抖,像落下的鸟儿突然飞走。猛然间,我觉得自己的天空还不如别人的天花板高。我翻了个身,小声对姐姐说:

"不知道为什么,我感觉这里,不像首尔。"

姐姐睡意沉沉地回答:

"首尔都这样,你知道的首尔只是其中几个地方。"

姐姐很快就睡着了。我平躺在城市的地下。汽车灯光朦朦胧胧地映在窗户上,钢琴的影子在我头上忽隐忽现。我不时在黑暗中摸索自己的牙齿,迷迷糊糊睡着了。

*

姐姐的电脑是妈妈送的大学入学礼物。姐姐跟随同班同学去龙山买组装电脑。朋友和电子商家职员说了些类似暗号的话,最后让姐姐挑选主机外壳。店铺角落里堆放着各种外壳。姐姐腼腆地伸手指了指。那是个外表简陋，像战斗机器人的盔甲一样闪闪发光的外壳。朋友惊讶地问，女孩子为什么选这种？姐姐红着脸回答说，这个最有二十一世纪的感觉……姐姐和最有二十一世纪感觉的电脑一起住在半地下。没过多久，我就意识到二十一世纪是个多么"苗条"的东西，它鼓溜溜地占据了房间一角。

我开始打工了。我的工作是和印刷厂合作，制作辅导教材和试卷。起先我想到咖啡厅或酒吧做服务生。根据刚满二十岁的我的常识，所谓打工无非就是这些。不过对于招聘广告中提到的"外貌俊秀"，我没能理解真正的含义。我是那种"可爱型"，不知算不算得上俊秀。我就去跳蚤市场找别的工作。在无缘无故给很多钱的地方和给钱少到让人无法相信的地方之间，有个地方每张 A4 纸给 1500 元。我不知道这算多还是算少，只是觉得我可以操作好 Word 文档。

工作没有想象中容易。肩膀酸痛，眼睛也疼。打字，纠错，绘制表格，标记英文、汉字，忙得不可开交。印刷厂说，如果有错字就不给钱。工作量很大，根本无法在规定时间内做完。心里想着如果把这些全部做完就能赚到多少钱，我果断地揽下工作，红着眼睛熬夜工作。

姐姐的电脑"匚"键不好用，降低了我的工作效率。我的手指在键盘上活动得正来劲儿，却频频止步于"匚"键。仿佛一只小鹿突然冲到路上，看到"匚"键就紧张。我这才意识到原来世界上有这么多带"匚"的字，却只能望洋兴叹。我伸长脖子，一动不动地坐在显示屏前。姐姐担心地看着我说，黑白是最容易让眼睛疲劳的颜色。在一百年前的人们无法想象的先进机械面前，我的后背却像尼安德特人那样渐渐弯曲。

姐姐在准备专升本考试。姐姐说她想读四年制本科的英文系，一边学语言，一边工作。不是"复读"，不是"转学"，而是"专升本"，我觉得这个词给人某种奇妙的贫困感。姐姐教训我说，只要会说英语，就业机会就会很多很多，你知道吗？姐姐说的"只要会说英语，就业机会就会很多"，我大概是在二十多岁以后才明白。姐姐拿回一大摞习题集，又是背单词，又是听磁带。我疯狂打字的时候，姐姐把习题集放在钢琴上，叽里咕噜地说着外国语。每个夜晚，在透出微弱灯光的半地下室，敲打键盘的声音和背英语单词的声音从未停息。有一天，姐姐不可理喻地扔掉圆珠笔，大声嚷道：

"哎呀，'未来'怎么会'完成'呢？"

我贴完地层断面图，趴在键盘上喊道：

"啊！我最讨厌的是科学！"

  初夏。雨停停歇歇，断断续续地下着。窗外，人行道上的雨滴画出许多圆圈，优美地飘浮在我的头顶。雨，仿佛不是从天上，而是从屋顶降落。我把葡萄干塞进口中，望着窗外。葡萄干是我最爱吃的零食。吃着葡萄干，就像在咀嚼又黑又干的加利福尼亚的阳光。姐姐在繁华街区的连锁餐厅里当收银员。每天凌晨，姐姐都要扛着一袋子的困倦去辅导班，周末则用双腿夹着困倦袋子睡得又深又长。姐姐经常和前男友通电话。前男友好像还哭哭啼啼地到家门前来找过姐姐。偶尔会下雨，断断续续。我坐在电视前看天气预报。姐姐不在家的时候，我打扫卫生，做些简单的小菜，用据说含有阳光粒子的合成洗涤剂洗衣服。电视里说雨季马上要来了。我买来塑料筒装的除湿剂，放在橱柜、衣柜和鞋柜里。手里有些积蓄，小小的灾难还是可以应付的。

  我想快点儿上学。一学期的学费攒得差不多了。我也想和人交流，感受"疲劳"和"紧张"。穿着紧张的衣服，做出紧张的表情，在意别人的评价，热爱、吹捧、玩笑、诬陷，我也想试着做个有心计或有政治性的人。有人觉得我可能是好人，有人觉得我可能是坏人，其实我什么都做不了。现在，包围着我的只有家用电器。我不想表现给冰箱看，也不想诬陷电饭锅。我不知道领到第一笔工资后该和谁见面，怎样花这笔钱，为此我惊慌失措。我不能在谁也不知道的情况下做着谁也不知道的工作，不能这样到老死去。我觉得我不能像每天扛着椅子上学的孩子那样做零工。偶尔我会梦见自己的手指变得像树枝一样细长。我变成只有手指得以进化的人肉打字手，不停地敲打着"请从下列选项中选出正确的一项"。然后我拿着一大堆试卷去了印刷厂，可是印刷厂的人却让我完成所有的试卷。我嚼着葡萄干，安慰自己说秋天就快来了。等到八月份我得去东大门买衣服，跟姐姐学化妆，一定找个需要出门的工作。正如"哆"之后会有"来"，夏天过去了秋天一定会来。季节缓慢走过，我们的青春太过明亮，明亮得近乎苍白。

房间里湿漉漉的。打了一会儿字，我环顾四周，因为潮湿而皱巴巴的空气像海带一样飘忽。壁纸上接二连三地生出霉点。钢琴后面的壁纸尤其严重。仿佛只要按下琴键，霉点就会像声音的波动般飞起，把孢子分散到各个角落。我担心这样下去钢琴会不会腐烂。我用干抹布擦了几次，还是无济于事。我只能撕下几张日历，贴在钢琴后面，然后立刻冒出检查琴键的念头。毕竟是从镇上背到这里来的，这么坏掉就太委屈了。有一天，我下定决心坐到钢琴前，双手打开琴盖，熟悉的重量感传递到手指。这是我了解的重量感。紧接着，八十八个干净的琴键进入视野。乐器有乐器特有的安静。我把手指放在琴键上。

放松手腕，做出轻握的手形。凉爽光滑的感觉蔓延开来。只要稍微用力，就能发出我想要的声音。外面传来施工的声音。几天前房东家里开始装修。我突然很想弹钢琴。这是搬家以来第一次有这种冲动。这个念头一旦产生，无法抑制的情绪从心底油然而生。一个音没事吧？声音很快就消失了，谁都不会知道。我鼓起勇气，手指用力。

"哆——"

"哆"像关在房间里的飞蛾，划出长线飘了很长时间。我觉得这个声音很美。内心深处仿佛有什么东西在轻轻荡漾，渐渐平息。"哆——"持续的时间比想象中更长。我闭上眼睛，享受着一个声音彻底消失的感觉。外面传来敲门声。咚咚咚咚。用拳头，四下。我急忙合上钢琴盖子。咚咚声再次响起。开门一看，是房东一家。身穿运动服的男人和他的妻子，还有两个孩子并排站在那里。男孩长得像爸爸，女孩像妈妈。大概是从外面吃饭回来，他们嘴里都叼着牙签。男人开口说道：

"同学，刚才是不是弹钢琴了？"

我一脸无辜地说：

"没有啊。"

房东摇着头问道：

"好像是弹了啊……？"

我再次否认。房东男人面露怀疑,听我说到发霉的事,他说地下本来就这样,然后急忙上楼去了。我回到房间,靠坐在钢琴旁。我无意中打开手机,手机的每个数字都有固定的声音,可以进行简单的演奏。1是哆,2是来,高音可以同时按星号或零。我摸索着按下数字键。咪,唆咪,来哆西哆发,咪,唆咪,来哆西哆,来来来,咪……本来就这样,这样的说法让我感到莫名地讨厌。

傍晚开始下起了暴雨。姐姐说要晚些回来。下班时间已经过了,也许她还没完成结算。姐姐先要从头到尾看一遍账单。哪里对不上,就要敲打计算器重新计算。同样的工作反反复复,一遍又一遍,看来要熬通宵了。我吃着拉面饺子,看连续剧。音量已经放到最大了,还是听不见演员说话。手里握着遥控器,我感觉摸到了什么湿乎乎的东西。盯着掌心看了好一会儿,才意识到是雨水。我猛地站起来。水从玄关门漏进来。掺杂着大量异物的黑色雨滴弄脏了壁纸,沿着窗户流下来。墙壁就像流着黑色眼泪的人脸。我慌忙给姐姐打电话。姐姐很长时间才接起电话。她的反应出人意料地平静。姐姐说这种事已经不止一次了,拿抹布擦擦就行。说完她就挂了电话,好像很忙的样子。听姐姐说完,我有点儿失落,不过也放心下来。我呆呆地站着,脱掉袜子,挽起裤腿,把玄关门前的鞋子全部收进鞋柜,拔掉电脑和电视等家用电器的电源,在钢琴四周严严实实地围上几条干毛巾,再拿抹布擦掉地板上的水就可以了。我用抹布擦地,再把抹布拧干,再擦,这几个动作反复进行。脏水倒进马桶,用干毛巾擦掉水分。按顺序做下来,真像姐姐说的那样没什么大不了的。有点儿感觉自己长大了。收拾一通之后,我松了口气,挺起腰来,轻松地打量四周。刚刚擦干的地方又积了雨水,比刚才更多。我大惊失色,给姐姐打电话。

"姐姐。"

姐姐似乎在看周围人的脸色,小声回答说:

"怎么了?"

我哽咽着说:

"漏雨了。"

姐姐叹息着说:

"知道了,刚才你不是告诉过我了吗?"

我像小孩子似的啜泣起来。

"嗯,雨水不停地漏进来。"

姐姐轻声安慰,说她很快就回来,让我先坚持一会儿。

"你什么时候回来?"

姐姐说不知道。她只是反复说着一会儿就回来。我挂断电话,用手背抹了把眼泪。水已经没过了脚背。雨水散发出刺鼻又腥臭的城市味道。我想过向房东寻求帮助，可是天太晚了。无论如何，我还是重新开始干活吧。首先，我束好电脑线，放在抽屉柜上面，然后用垃圾铲清理雨水。水沿着台阶和窗户流进来。这样下去可不行。我放下垃圾铲，用水舀子取代。我的手在机械地移动。也不知道是汗水还是雨水流遍了全身。外面雷声阵阵。我觉得自己在做鲁莽的事情，无法打起精神，可是又不能什么都不做。房间里传来手机铃声，我急忙跑过去，打开手机盖。

"姐姐？"

电话那头传来低沉的声音。

"是爸爸。"

我不知所措。爸爸很少主动给我们打电话。我擦了擦额头上的汗水，回答说：

"哦？哦……"

爸爸问我过得好不好。我想了想说，还算凑合吧。不善言辞的爸爸每次打电话都只问同样的问题，下一句恐怕会是吃晚饭了吗？

"吃晚饭了吗？"

我说吃了。爸爸沉默片刻，又问吃的什么？我敷衍着回答之后，就陷入了沉默。爸爸问我工作做得怎么样，姐姐过得好不好，什么时候回家。我略显尴尬，恭恭敬敬地回答了爸爸的问题。沉默。需要有人尽快说再见，或者抛出新的话题。爸爸先开口了。他提到了钱。虽然没有直接要求帮忙，可就是要求帮忙的意思。我静静地听着爸爸说话。金额和我的学费差不多。我在地板上蹭着沾了雨水的脚，跟爸爸说，我会想想办法的，然后就挂断了电话。世界充斥着雨声。我拿着水舀子，呆呆地站着，突然听到外面有动静。我跑到门口，开心地喊道：

"姐姐吗？"

一个影子忽地掠过。一个神情恐怖的男人。我摔了个屁股蹲儿，手背上沾满雨水。男人目光游离地看着我。我颤抖着说，你是谁？暴雨，欠债，还有可能被抢劫。我的人生怎么会这样？想想就觉得委屈。正在这时，男人瞪了我一眼，朝着鞋柜倒了下去。他一边往鞋柜上蹭自己的脸，一边自言自语：

"美英……"

姐姐的名字。我猜到了，他可能是姐姐的前男友。他个子不高，长着乖巧的脸。仔细一看，还有点儿可爱。我小心翼翼地走过去，用指尖碰了碰他的肩膀。男人没有发出"哆——"音，而是吧唧着嘴巴翻过身去。

"喂。"

男人一动不动。我继续呼唤。

"喂。"

男人瞪大眼睛，傻傻地盯着我，好像不知道这是什么地方，也不知道我是谁。

"你不能这样躺在这里，快起来。"

男人被雨水淋透了全身。他点了点头，又闭上眼睛。我想把他挪走，可到处都是水，我不知道如何是好。

"要不就别管他？"

他躺在门口，我就没法舀水。想给姐姐打电话，转念又想到刚才姐姐察言观色、不敢大声说话的样子。姐姐都说很快回来了，她回来就会有办法，我还是先把这个男人挪走吧。我看了看四周，钢琴凳进入视野。只要房间里不灌满雨水，那上面就应该是安全的。我把他扶起来。男人像八爪鱼似的摇摇摆摆。男人的胳膊放在我肩头，一步步地挪动。男人倒地，昏厥，瘫倒。

"大叔！"

男人感觉到地上的凉意，身体抖了几下，又打起了呼噜。

"喂！"

他吧唧着嘴巴，翻了个身。我很生气，可是又不能不管。水已经没过小腿。书架最底层的书已经泡在水中。其中就有姐姐还没做完的英语练习册。我好不容易把男人挪上钢琴凳，让他躺下。男人露出舒服的表情。全身弯成镰刀状，脚腕没在水里。我叹了口气，看了看男人。

他双颊泛红,看起来有点儿傻乎乎的。我盯着他的脸,突然想起姐姐说过的牙齿。我也冒出看看他的牙齿的念头。飞快地看一眼,就看一眼,应该没关系吧?我小心翼翼地把手伸向男人的嘴唇。大概是姿势不舒服,他翻了个身。我急忙收回手,同时责怪自己。房间都进水了,我这是干什么啊。转眼间,雨水已经没过膝盖。我意识到钢琴也被水浸泡了。这样下去肯定弹不了了。那一刻,仿佛有一辆全速飞驰的摩托车发出轰隆隆的声音,从我心头划过。摩托车扬起的尘土间,几千个饺子犹如气泡般若隐若现。姐姐的英语书、电脑和"⊏"字符、爸爸的电话、我们的名字都飘到空中,随后爆裂。我掀开钢琴盖,整洁的键盘尽在眼底。我把手指静静地放在琴键上。拇指弹"哆",食指弹"来",中指和无名指弹"咪"和"发",我一点儿也没用力,却感觉某个音符发出长长的声音。我不由自主地在手指上用了力。

"哆——"

"哆"发出长音,在房间里飞舞。我按了"来"。

"来——"

男人扭动身体,躺着的身体又变成了镰刀状。我开始放松地弹钢琴。指尖冒出的音符也都湿漉漉的。

"唆 咪 哆来 咪发唆拉唆……"

吃水的踏板冒出湿漉漉的气泡。声音缓缓升起,交融,消失。

"咪咪 唆 哆拉 唆……"

男人的身体像饺子似的热气腾腾。雨时强时弱。我在黑雨荡漾的半地下室里弹钢琴。他的脚腕泡在水里，不知做了什么梦，脸上带着笑容。

口水涟涟

闹钟响了。黑暗中，急促闪烁的手机灯光像是她开始新的一天必不可少的警报。每天早晨，她朝小小的灾难伸出手，那个场景让人联想到深夜遇到暴雨被卷到海边的异乡人。她在床头摸索着握住灯光。蓝光透过指缝。她拿着手机，死人似的趴在床上。如果有人看到她这副模样，或许会说她像举手握拳准备出动的超人。每天早晨，她最先做的大概就是伸出拳头。她扭动身体，关节在响。她把头埋在枕头里，绝望地喃喃自语。她的绝望，常常只有一种。疲惫。外面传来报纸落在走廊的声音。后辈哼了一声，"今天要提前一个小时上班的。"她看见凌乱地散落在头顶的卷子。"晚了要交两万元。"卷子是中学生们的论述答案。一张1000元，每周修改120张500字的卷子。后辈手里拿着水性笔，趴着睡觉。耳垂上沾了红色的墨水。她翻动着阵阵抽痛的身体。"感冒了吗？"窗外传来摩托车开走的声音。她伸展身体，又迅速蜷缩起来，自言自语。**真的好累啊**。她犹豫不决。要不要再睡一会儿呢？如果继续睡的话，要睡多久呢？打车到工作地点需要一万元，索性豁出去交罚款，睡上一万元钱的觉，怎么样？如果眼下的睡眠具有两万元的价值，那是不是可以继续睡下去呢？可是这两万元真的能做好多事。从来没有迟到过，要不要迟到一次？是的，也许诚实就是应对未来失误的资本。从某种意义上说罚款就是许可。只要稍微做出歉疚的样子就行了。昨天晚上我都忙晕了，大家不是都看见了吗？不过他们应该也和我一样在努力工作。万一到了真正需要资本的时候，我的口袋空了，怎么办？如果我不犹豫，本来可以多睡五分钟。她坠入了"所以"和"但是"之间的深谷，不小心睡着了。她当然没想过打车去公司。她知道自己每天早晨起床时必不可少的要素，不是决心，而是"犹豫"。在犹豫的瞬间，她会产生错觉，仿佛自己对人生也有一定的选择权。她猛然惊醒，然后扑腾坐起，像神经病似的呼喊，几点了？虽然还没晚，但是可能会晚。世界各地随处可见的我们的尴尬时间——某个地方的几点几分。

她走进卫生间，坐在马桶上，无意中低头看了一眼内裤。她慌了。月经。"还没到时间啊。"她脱掉睡衣下面的内裤，蹲在地上接水。"今天要开运动会"，她今天要跑接力赛。开会时她说自己要当啦啦队，可是每个人都必须参加一个项目，她也没有办法。部长询问赛跑人选时,她为了不被点名而使劲垂下头。有人高高地举起手说,我推荐朴老师。他说每天下班朴老师都会为了赶上末班车而拼命快跑,跑得非常快。她满脸忧郁地等待内裤被水浸湿。她从来没想过要在公司运动会上夺冠之类,一点儿也不想,可是已经参加了预赛,还拿到了T恤衫。她在预赛中得到了自己都未曾料想的第一名,这让她更加苦恼。理事长说他要奖励冠军队200万元,对特长表演的获奖者奖励50万元。今天她要赛跑,还要特长表演。她所在的科室没人愿意参加特长表演,最后决定大家一起跳舞。每天午休时间,她都要到学院楼顶跳"顶点舞"。伸展四肢,一、二、三,前进,停,一、二、三,转身。等一下,朴老师,45度? 45度,不懂吗?听到麦克风里传出的声音,她急忙朝相反方向转身,却撞上了旁边的人,不知所措的时候,她哭丧着脸。强弱弱,盛夏时分,在阳光暴晒的楼顶挥汗如雨跳舞的时候,她还是哭丧着脸。从小她最讨厌两件事,"集体活动"和"特长表演"。顶点舞好像结合了这两点。她低着头,注视着血滴如同大理石花纹般溅开。要不,今天不去上班了?她苦恼不已。这让她相信自己是在做选择。不一会儿,她就风风火火地用凉水洗了头发。

她一边奔跑,一边用枫叶般的小手遮挡早晨的阳光。她穿着棉质长裤和橙色的T恤,胸前是地球形状的商标和"新精英学院开业十周年纪念"的纹绣。这天是光复节①,街上几乎没什么人。卖吐司的露天店和书报亭也冷冷清清。脸色浮肿的人们排成一列,站在自动扶梯上。这些人小时候的梦想哪怕不是成为"优秀的人",恐怕也不会想要成为"休息日还要上班的人"。她紧贴着电梯的长队伍,心里感慨"如果我好好参加课外辅导,那就不会像现在这样了"。感叹之后,她又开始愧疚。因为她知道每次开家长会的时候,家长说的不是我家孩子"学习不好",而是"没有上进心"。

她在木洞②的考试辅导学院工作。这是企业型的辅导学院,仅初一年级就有1000多人。她负责初中部的国语课。第一次参加面试的时候,她对自报身价这点感到茫然。有的辅导学院问她:"我们可以满足老师的要求,老师要每个月1000万,我们就给1000万,要600万,我们就给600万。只是我们现在还没找到值这么多钱的人。您想要多少?"这时的她同样惊慌失措。她像土鳖似的坐在真皮沙发上苦苦思索。要得少,显得自己无能;要多了,好像不知道天高地厚。她觉得院长所说的"公正"有问题,却又不知道问题出在哪儿。可以确定的是,当时她感觉很羞耻。她试讲的时候,每月拿600万工资的年轻管

---

① 即韩国国庆日8月15日,纪念1945年韩国从日本的殖民统治下独立,并成立韩国政府。
② 位于首尔市西南部的阳川区,早年因伐木场而得名,后来进驻大型社区和高校,逐渐成为教育资源丰富的富人区,区内多有著名的连锁教育培训机构。

理层讲师正在仰头大睡。学院的要求来得太突然,她连教材都没有就来试讲,紧张得汗流浃背。奇怪的是,那个瞬间竟然说不出"我不行"这句话。回家路上,她心情郁闷。自己明明也是倾向于条件更好、工资更高的辅导学院。总之,现在她没在那里工作,她上班的地方是"新精英学院"。

每个月要支付13坪①一居室的租金和医疗保险,一份储蓄式基金和储蓄,这还在她的能力范围之内。为了按时往账户里存款,今天她必须像斑马一样努力奔跑,像熊一样跳舞。她很清楚这个事实。偶尔她会感觉人生的某一部分正在透支,有时也会羡慕默默学习一年后进入国营企业的后辈,然而经济独立让她心安理得,在饭桌上无须焦虑,面对熟人的红白喜事也可以尽份心力。这都是她无法放弃学院工作的原因。每当她想要"放弃"的时候,发薪日就像不断请求原谅的恋人一样回到她身边。

地铁站里的广播响起。人们聚集在安全线附近。她深深地吸了口气,下定决心"不要撒娇了"。经期参加过高考,打过工,也参加过研学旅行。她突然想起后辈。后辈白天睡觉,晚上工作。后辈的这份工作还是她帮忙找到的。后辈郁闷地辗转于各大求职网站时,她推荐

---

① 为韩国土地计量单位,1坪相当于3.3平方米。

了这份修改论述卷子的工作。一张 1000 元，比当服务员好多了！后辈欢天喜地地说。然而改卷子不到一天，她就红着眼睛，泪水涟涟地说："姐姐，我们国家的中学生都像低能儿。"她和后辈同住了三个月，现在仍然想不明白，为什么同意后辈住进自己家里。如果一定要问理由，或许是因为后辈说话声音好听？第一天晚上，后辈向她诉说时的目光、声音的质感都让她喜欢。她的脸色暗淡下来。地铁发出巨大的声响，停了下来。她噔地跨过地铁和轨道之间的深渊，进入冷却的车厢。门关上了。**好冷**。

进入公司以来，她听到的清晨问候都与服装打扮有关。"哎哟，换发型了？""朴老师,你的包好漂亮"，或者"你的裙子从哪儿买的？"开始她也很开心，当然也有点儿难为情。有时她还会羞涩地走进卫生间，偷偷照镜子。没过多久，她就发现这里的人们过分地重复类似的话题。服装打扮不但是习惯性问候，而且成为日常且重要的话题。面对自己窘迫的衣柜和女教师们的关注，她渐渐感觉到压力。受到赞美后，很奇怪地有种负债感。有时她甚至担心，会不会打开办公室的门，别人就在迅速打量自己，给自己打分。她也明白，这种担心毫无用处。人们对他人的变化发出欢呼，或许只是因为自己有了"话题"而感到安心。今天，就在她打开教务室门的瞬间，首先听到的却不是服装打扮之类。

部长叫她。她往部长的位置走去，思考着自己犯错的可能性。暂时没想到什么。她向来细致踏实，机构内部的季度评价中她的分数总是很高。部长问，SH1和CK2班是你教的吧？她紧张地回答，是的，我的后辈……部长打断她的话，怪不得。她什么也没说。对的改成了错的，这可怎么办？她看了看堆放在桌子上的卷子。卷子上面是后辈圆嘟嘟的字迹。增删栏里密密麻麻，似乎看得很认真。这里的"例如"明明正确，却被改成了"列如"，句子中的"因为"表示一个语节，应该空格。你知道这里的家长学历有多高吗？你知道他们打了多少投诉电话吗？后辈真的是国语专业吗？她犹豫着不知说什么才好。应该确认"改错了几处？"还是回答"后辈的确是国语系的"，或者说"我重改一遍"，为这件事做好善后。她终于说，**对不起**，像是找到了最好的答案。朴老师，别看一张只有1000元，可是只要错一个单词，那就会失去百倍以上的信用。部长说以后不会再把工作交给后辈了。她无话可说。部长问她听懂了没有。她犹豫不决。部长固执地等待她的回答。她不得不回答，**对不起**。听懂了的意思。她回到座位坐下。别的教师们迅速收回视线。小腹因月经而隐隐作痛。哧溜，鼻涕流了出来。她拿出纸巾，小心翼翼地擦鼻涕。崔老师问，朴老师，感冒了吗？她点头。金老师问，大夏天的怎么感冒了？"大夏天的怎么感冒了？还不是因为坐在庞大的空调旁边。明明知道我总是瑟瑟发抖，却没有人调高空调温度，也没有提出关掉空调，所以我才会感冒。"她突然委屈得像个孩子。以前患重感冒的时候，大家也是你一句我一句地为她担心，却没有人采取任何补救措施。她对后辈也有点儿生气。我连"韩国语易错语法"都给她打印出来了。她想起后辈的脸庞，每次自己说"关灯睡吧"，后辈总是说"不，我得做完"，说完就睡着了，灯开了一夜。部长喊道，全体行动！她瞟了部长一眼。他的脸，明明就是碑文。她问自己对后辈了解多少。除了后辈写错"例如"之外，还了解多少呢。她的脑子里一片茫然，就像高中学了三年的法语一句也想不起来。崔老师拍了拍她的肩膀。走吧。

后辈很会说话。不是口才好，也不是懂得多。后辈说话的时候，脸上的表情好像在提醒这是最重要的事情，意义非凡。每次听到后辈的声音，她都有种心动的感觉，就像在阅读一本满是错译、荒诞怪异的哲学佳作。

第一次见到后辈那天，后辈只带了一个小小的手提包。后辈只有一张模糊得让人难以置信的名片——象征自己身份，证明自己是她的后辈，而且以前见过面的名片。后辈问，可不可以像故事里的流浪者那样暂住一晚，语气平静而沉稳。她迟疑片刻，答应了后辈的请求。她不想做个无情无义的前辈，再说住一晚也的确无所谓。她帮后辈铺好被褥，准备好洗澡水。然后，她认真思考自己为什么会同意。做一天的好人？还是在这个即便是"拜托"，其实也近似"交易"的社会里，听到这种单方面的小请求，自己有些开心，似乎又有些慌张？痛快答应了后辈，她开始怀疑，或许自己早就在急切地等待某种要求和交易了。后辈从浴室出来，她漫不经心地问，想吃什么？要不要给你找件舒服的衣服？柔肤水和乳液在这里，这是眼霜，保湿霜在那里。枕头要高的还是低的？无话可说的时候，她言不由衷地问，想喝葡萄酒吗？

  那天夜里，两人卷起被子，面对面坐在饭桌前。桌子上放着一瓶智利产葡萄酒和两个酒杯。她提前辩解说自己喜欢葡萄酒，不过了解不多，只是偶尔喝。两人尴尬地干杯，抿了一口。要不要听音乐？她准备爬到笔记本电脑前，后辈说不用了。两人聊了几句。聊的是和谁都可以说的普通话题。表面的天气，表面的政治和表面的电影话题。其间，后辈说了个简单的笑话。她们第一次一起笑。昨天我梦见姐姐了。她面露惊讶。偶尔会有这种情况，并不是什么特别的关系，却猝不及防地出现在梦里，发挥重要的角色。她点了点头。而且呀，偶尔我会在香艳的梦里遇到这样的人，为此还很慌张呢。后辈羞涩地笑着说。第二天真的见到这个人，会莫名地难为情，心跳加速，对不对？她笑了。

对，真的是这样。不知为什么，她感觉很安心。后辈接着说，在梦里，姐姐和我站在某个东亚国家的夏日原野上。我们并不是很亲密的关系，我不知道我们为什么会在一起，可我们的确是在一起。我们站在冷清的原野上，望着异国的夜空。我们看到了北斗星。奇怪的是，北斗星特别低，而且天上只有那七颗星星。她满怀好奇，等待后辈继续说下去。我们朝看到星星的地方走去，不一会儿，我们都哑然失笑。原以为是星星，其实是挂在娱乐场所楼顶的五个小灯泡。她笑出了声。你，原来是撒谎？后辈严肃地说，不，是真的。后辈继续说了下去。当我们知道那是灯泡的瞬间，很奇怪，我记得我们竟然感觉很安心。两个人聊了很多。也不知道有什么好笑，她时而捧腹大笑。她喝得酣醉，斜躺下来。至少好过坐在并不喜欢的同事的车后排，赶在到达之前不停地说着废话。也许是有固定保质期的安全的友情使她感到自由。一天的时间，任何人都可以喜欢一个人，也可以尽可能表现得亲切。尽管并非刻意，然而她的善意似乎得到了回报，那就是后辈讲的笑话。后辈的声音很好听。两人很快喝光了一瓶葡萄酒。

　　她眼睛半闭，靠在垫子上。后辈蹲在包前翻东西，大概是要让她看什么。后辈走到她跟前坐下，静静地伸出手掌。后辈手心里放着个小小的木盒。样式简单，因为有了抚摸的痕迹而散发出淡雅的光芒。后辈小声说，姐姐，我给你讲个有趣的故事。她点头。打开盒子一看，她立刻产生了好奇。我之所以来这里，就是因为我以前住的房子被抵押了。虽然没给我脸色，可我不能继续住下去了。她很紧张。担心自己以这样的方式，出于不值一提的善意听到本来不想听的秘密。我从小就四处奔波。我在学校里也勤工俭学。她不记得后辈是不是勤工俭学生，只希望接下来的话题不会过于黑暗和令人震惊。这个13坪的一居室太小了，容不下那样的话题。我不知道该从哪里说起，嗯，姐姐，这不是什么重要的事情，你随便听听就好。小时候我去过市立图书馆，我记不清了，从我家大概要坐两个多小时的公交车才能到达。她也回忆起自己第一次去图书馆的时候，那还是初中。后辈似乎要把记忆里的图书馆唤到此时此地，居住在远方的表情也唤回自己脸上。那天，我拉着妈妈的手走进辽阔的寂静里，刹那间我的心扑通扑通地跳。后辈的眼神像盲人一样茫然。她点头。妈妈一进阅览室，我就拿出泡泡糖嚼了起来。嘴里充满幽香的口水，我记得自己不停地吧嗒嘴。我坐在椅子上看热闹。虽然我不知道那到底是做什么的地方，不过至少知道应该保持安静。她点头。可是等啊等啊，总也不见妈妈回来。我着急了，又拿出一块泡泡糖。原来是个熟悉的故事。仅仅因为这是个熟悉的故事，她无视后辈的不幸，感觉到稍许地疲劳。怎么会有妈妈把孩子扔在图书馆，不是市场，也不是火车站？我很不安，不停地吹泡泡。我把泡泡弄破，独自练习害怕的表情。我担心那个害怕的瞬间很快就

口水涟涟

会到来。我嚼着第三块泡泡糖,决定走进阅览室看看。口香糖是一盒六块。图书馆里很安静,说不定妈妈在某个地方睡着了。我到处找妈妈。书摆放得差不多,我不知道哪儿是哪儿。正因为里面像迷宫,所以我更觉得妈妈可能在里面。我的喉咙有些哽咽,嚼起了第四块泡泡糖。嚼不完整盒泡泡糖,我就不能确定。你想想啊,要不然妈妈不可能给我一盒泡泡糖。她不知所措地点了点头。妈妈到底要借多少书,怎么会这么慢呢?图书馆里静得可怕。我剥掉第五块泡泡糖的包装。沙沙声和翻书声一起消失。我卷起粘有糖粉的泡泡糖,塞进嘴里。妈妈不在。我心里很难过,可是不能放声痛哭。如果我在图书馆里哭,那恐怕是世界上最响亮的哭声。她严肃地听后辈说话。直到最后妈妈也没回来。后辈盯着她的脸看了一会儿。这是最后一块泡泡糖。后辈把盒子递到她面前,然后小心翼翼地打开盖子。她好像被什么吸引着似的倾斜上身,往盒子里张望。里面整齐地放着一块人参泡泡糖。她的呼吸仿佛停止了。真的吗?后辈反问,什么?不,没什么。两人头碰着头,沉默在中间流淌。她注视着优雅地躺在天鹅绒上的人参泡泡糖。包装纸潮乎乎的,褪色了。虽然是人参泡泡糖,看起来却像对身体有害的样子。接下来,后辈的举动真的令人吃惊。她拿起泡泡糖,毫不犹豫地掰成两半。她大吃一惊地问,为、为什么?后辈说,我想分给姐姐。她脸色铁青,像是面对拿着手榴弹试图自杀的逃兵似的哄着后辈,不要这样。后辈微微一笑,回答说,没事儿的。

"……什么?"

泡泡糖的断面在颤抖。只是一块泡泡糖而已,后辈说。谢谢。她有些混乱。一切都像假的,又像是真的。她感觉后辈的存在像是虚无。骗我吗?后辈家的谎言库里会不会堆着上百盒过期的人参泡泡糖?现在市面上还有人参泡泡糖吗?重要的不是后辈的话是否属实,而是后辈的话"打动"了她的心。她谢绝了好几次,最后还是不得不接过半块泡泡糖。泡泡糖而已,等后辈走的时候还给她就是了。这些都不提了。那天夜里,后辈说的最后一句话令她无法忘记。也许就是因为那句话,她才和后辈一起生活。后辈用悦耳的声音说,从那之后,我想起失踪的妈妈,或者需要和深爱的人分别的时候。被迫分了半块泡泡糖的她无力地回答,嗯。当我离开,或者想起离开时痛彻心扉的悲惨瞬间的时候。嗯。后辈面无表情,有气无力地说:

"直到现在,嘴里还是口水涟涟。"

巴士出发了。冷风从几十个小空调里涌出。冷。忧郁。因为月经,因为感冒,还是因为休息日的运动会,或者因为部长?她不知道。空调的冷风和车里的气味令她头晕。她望着窗外,回想顶点舞的动作。一、二、三,转身,一、二、三,前进。在狭窄的一居室里练习的时候,后辈捧腹大笑。姐姐!怎么了?后辈笑得露出雪白的牙齿,大声叫喊。你怎么跳得这么差?天气晴朗,几名老师面容疲惫地酣睡。部长坐在最前面,和组长一起喝着维生素饮料。通常来说,比起国语部、数学部和英语部,他们经常被误会为"无所事事",现在都想一鸣惊人。旁边位置上几名司机正在交谈。距离目的地还有大约一小时车程。**要不要睡会儿**?哧溜,鼻涕流出来了。哎呀,烦死了。

接纳后辈过夜的第二天,她踮着脚,小心翼翼地穿衣服,化妆。后辈睡得像死人。她盯着后辈看了看,然后出门了。没有比驱逐睡觉的人出门更残忍的事了。她心绪混乱地上课,开会,回家。开门的时候——房间里打扫得干干净净,后辈和自己的箱子一起呆呆地坐着,像是随时可以配送的快递箱。你不在家,我想着走之前和你打个招呼。她站在鞋柜前,不置可否地点了点头。她不知道接下来该说什么。好,那你慢走?还是说,再见,有机会我们还能再见面吧?或者问她有没有车费?她稀里糊涂地应了一句,那喝杯葡萄酒再走吧。

好像就是在这个时候,她突然冒出和后辈一起住的念头。那天夜里喝完一瓶葡萄酒后,她比后辈先行倒头大睡,第二天浑身难受。后辈用冰凉的手摸她的额头,给学院打电话,默默地煮粥。她悄悄地露出两只眼睛,观察着后辈的一举一动。她有气无力地说,如果你愿意的话，可以继续住在这里，直到你有新的打算。后辈没有回答，继续切泡菜。这是三个月前的事了。后辈留在了她的家里。她去学院的时候，后辈把家里打扫得窗明几净，或者下载好看的电影和外国电视剧，像叠毛巾似的整整齐齐地存入她的电脑，供她下班后观看。偶尔后辈还会在玻璃杯里插上菊花，有空就出去找工作。渐渐地，她开始寻找可以继续和后辈一起住下去的理由。等后辈找到工作，可以两人合租，这样后辈心里舒服，自己也能省钱。不久，她不动声色地说出了自己的意思。后辈似乎有些迟疑地问，这样可以吗？

"这样可以吗？"这是什么意思呢？"李社长讲话"在空中弥漫开来。这样可以吗？是假装为对方考虑，实则是试图推卸责任吗？四个遮阳棚相对矗立在操场上。正面是主席台，另外几个都是观众席。领导们面无表情地坐在主席台的阴影之下。她决定不再去想后辈的事。主持人介绍说，今天准备的奖品有泡菜冰箱和自行车、MP3和足球等。操场上充满了期待。国民体操的音乐声响起，所有人都跟随音乐做着尴尬的踏步动作。音乐中间发出"一、二、三、四"的口令，还有"体侧运动""呼吸"等传统的助兴语。她从幼儿园开始就听国民体操音乐。每次听到这个音乐，她都会莫名地心潮澎湃，心情也会变得轻快，继而肃然起敬。但是今天，不知道为什么，体操最高潮部分的男声呼喊"全身运动"的瞬间，想到这么悲壮的旋律，却只能做划桨动作，她就忍不住想笑。音乐结束，巨大的波浪一条条四散而去。职员们根据T恤颜色分成不同的组。红色、橙色、黄色、绿色、蓝色，共五组。她不由得感叹，我工作的地方是个超出预想的大组织。大操场即将举行足球预赛，双人绑腿跑和藤球比赛将在小操场举行。啦啦队分成两三组，排列在选手面前。她双手握着充气的白色气棒，走到足球场。国语部和数学部的男教师们面对面站着，互相打招呼。对面的观众席上发出"哇"的喊声，国语部这边也欢呼起来。她抽着鼻子，敲着气棒。口哨声响起，比赛开始了。分散在明朗而强烈阳光下的壮汉们个个动作轻盈。加油。

后辈在她家住下了。关于住到什么时候的话题，谁都不愿提起，感觉似乎有些别扭。她茫然地猜测，后辈复学之后或者攒了钱的时候就会离开。家务自然由两人分担，生活费也减少了。除了放假，总是很晚下班的她经常给后辈发信息，我需要买些什么？有没有什么需要的东西？两个人弯腰坐在地上吃炒年糕，讨论当天发生的事情，商量交税。偶尔也会坐在电脑前看电影。她认识到和人同住最美好的瞬间就是"一起吃东西的时候"，饭桌前多了一个人。这个事实本身就让她感觉自己成了正常人。原来的饭桌不再是普通的饭桌，而是很久以前留下来的历史悠久的饭桌。

闹钟几次响起,又几次被关掉。疲惫的日子一天天过去。后辈的嗓音依然好听,只是说话不如以前多了。这是因为她们都养成了"习惯"。日常的习惯,关系的习惯,预测习惯的习惯。也许开始于她第一次下班站在门口,心里想着"希望后辈不在里面"的时候。她觉得自己了解后辈。即便她只是发现了后辈的习惯中属于负面的目录。她像等待主人公死亡的读者,屏住呼吸等待后辈犯下小小的失误。当然,她自己是意识不到的。某个瞬间,她为后辈的失误而欢呼。你看,我就知道会是这样。后辈经常弄湿马桶盖。后辈用化妆品太浪费。后辈把应该熨烫的衣服塞进了洗衣机。后辈在被子上面改卷子,墨水染到被子上。后辈关门太重。后辈看娱乐新闻太多。后辈打电话时说话太多。后辈用过一次的毛巾就不肯再用。后辈穿衣服很幼稚。后辈穿衣服很幼稚,却怪我不会欣赏。后辈洗完澡脚没擦干就爬到被子上了。她不喜欢后辈的这些做法。起先是温柔地劝说。后辈像是不知道的样子,腼腆地承认自己的错误,然后下次还会再犯同样的错误。这一点她无法理解。指出好几次了,为什么还是一再忘记,她想不通。后辈对前辈肯定也有不满意的地方。不过,她觉得自己没什么问题。对于后辈的其他举动,她也开始看不惯了。后辈好像喝水太少。后辈拿筷子的姿势好像有点儿奇怪。后辈的脚趾上有茧子,经常让她看到,很不喜欢。早晨起床时后辈的脸太油了。后辈不怎么吃蔬菜。后辈总是说软米饭更好吃。总之,后辈好像有点儿不正常。因为喝水少,不爱吃蔬菜,脚上有茧子吗？她情不自禁地烦躁起来。后辈感到歉疚,然后下次继续重复同样的举动。最让她难以忍受的是,她感觉后辈在模仿自己。首先从穿衣打扮上就明显看得出来。后辈经常拿她的穿衣打扮开玩笑,却开始买和她相似的衣服。起初她也没多想,偶尔还会幼稚地想,有这个钱存起来不好吗？其实,后辈年轻活泼,对衣服感兴趣原本是很自然的事。后辈模仿她的语气。语言本来就没有主人,容易被污染和共享,然而每当后辈口中跳出她常用的词语或玩笑,她就会觉得自己的东西被偷了。后辈每天从早到晚坐在笔记本电脑前,她也开始看不惯了。她花了很多时间,精心积累的"收藏"目录,后辈却在轻松享用。尤其看到后辈辗转于自己分门别类收藏的音乐、电影、读书、哲学网站,还装出很懂的样子,她就觉得不舒服。后辈不太懂音乐,却在个人网页里使用她喜欢的乐队的歌曲做背景音乐。后辈加入了葡萄酒同好会,开始学习葡萄酒的历史和分类方法。渐渐地,后辈对葡萄酒的了解比她多了。第一次从学院领回工资那天,后辈首先做的就是给她买葡萄酒。那天夜里,后辈把葡萄酒和进口奶酪放在餐桌上,开心地迎接她回家。她站在门口,慌张地问,你,也喝葡萄酒？

足球以零比二输给了对手。整整一天，脑子里都乱糟糟的。也许是因为感冒，也许是因为经期，抑或是部长的缘故。啦啦队朝着举行女子躲避球赛的小操场移动。运动会上的女子躲避球赛也很激烈，很凶狠。现在对决的是身穿橙色 T 恤的国语部和身穿绿色运动服的英语部。国语部啦啦队队长先发制人，大声喊道，国语部最棒，魅力国语部！人们跟随队长喊起了口号。她也跟着呼喊。英语部的队长喊道，噢，必胜英语部，噢，必胜英语部，噢，必胜英语部，奥莱奥莱奥莱奥莱！①英语部的歌声激情四溢。国语部的某位老师高声骂起了尹度玹。其实尹度玹和英语部毫无关系，然而几个英语部的人却露骨地做出气愤的表情。一声哨响，排球呼呼地飞了出去。选手们四处移动。观众席喊声四起。她心里也很紧张。"啊"的一声，第一个人出局。那是身穿绿色 T 恤的选手。国语部这边发出欢呼。她敲打气棒，发自内心地感到喜悦。刚开始觉得加油助威什么的很烦，现在她却希望国语部取胜。随后，第二名、第三名选手也出局了。攻击手们准确找到吓得四处躲避的选手，狠狠地"打"死，凶狠程度令人心疼。一名国语老师被打中小腹，无奈地出局了。英语部欢呼，国语部观众席立刻安静下来。选手们的举手投足让所有人的心情起起落落。

---

① 此处歌词改编自 2002 年世界杯期间韩国名曲《噢，必胜，韩国》，原唱为尹度玹。

比赛逐渐进入少数优秀选手主宰的局面。她们准确地躲避，接球，救活自己的队友。一名英语老师跑跑跳跳，摸爬滚打，表现得相当活跃。此刻的她不再考虑什么人情，只觉得英雄正在诞生。啦啦队队长大喊，国语部加油！英语部啦啦队队长用嘲笑的语气回应，英语部加油，cheer up！英语部老师们跟着大喊，cheer up。令人肃然起敬的 R 发音犹如波涛般席卷了国语部的心脏。气氛越来越残酷。好像有人伸出了手指。英语部爆发出挖苦和责难声。被打中头部的英语部老师好像生气了，下场前骂了句"妈的！"气氛立刻变得冰冷。好像故意让对方听到似的冷嘲热讽，干什么？干脆直接站到线里面算了？规则都不懂吗？判定是非，呐喊，地滚球，犯规，无效，那位老师被球打中了还不离场，让她出局！国语部最年长者、两个孩子都已经读中学的洪老师脸红脖子粗地对裁判咆哮，她踩到线了，为什么不罚出局？她不由自主地对英语部心生恨意。以后无论英语部和哪个队比赛，她都要为对方加油。国语部最后以一比二输给了对手。英语部得意扬扬地离场，国语部却显得冷清。有位老师哭了。她暂时忘却的痛经似乎又回来了。

下午的比赛大多是决赛。选手们的身体看上去比上午沉重。崔老师发牢骚说，跳绳的时候磨破了手掌。啦啦队的热情多少也有些消退了。她准备参加接力赛。国语部成绩不佳，不过接力在全部项目中分数最高，很有可能逆转。她在水池边洗手，看到几名身穿绿色T恤的老师。英语部的。她莫名其妙地感到不爽。对面是社会部的人。社会部成绩太差了，不用在意。她渐渐地开始通过颜色对人做判断。她系鞋带的时候，部长走过来，握着拳头祈祷胜利，然后离开了。

发令枪响了。选手们开始奔跑。观众们的热情充满了原本空荡荡的操场。选手们开始拉开距离。她紧张地观察战况。国语部先是第一名，然后第二名，现在落后到第三名。她是最后一棒。第七名选手握着接力棒正在飞奔。她上身前倾，做好起跑的姿势。数学部的老师风一般跑开了。国语部的老师跑过来了。她仅凭手掌的触感敏捷地夺过接力棒，撒腿就跑。她自己都感到惊讶，哪来这么大的力气呢？她竭尽全力快跑，就像气喘吁吁地冲向地铁站，像为了不错过末班车而竭尽全力。人们的上身都朝操场倾斜。她超过了科学部的老师。观众席上一片哗然。她使出吃奶的劲儿，试图追上跑在最前面的数学部老师。距离渐渐缩短，越来越惊险。人们纷纷起立。理事长和部长也心满意足地坐在遮阳棚下。距离终点不到二十米。枪声响了，她第二个冲过终点线。浑身大汗淋漓，心脏都要爆炸了。远处，国语部部长拍着膝盖坐在地上。**好渴**。

地铁五号线。她坐在颠簸的列车里,脸色苍白,怀里抱着满满的乐扣。这些都是运动会的纪念品。人们偷偷地斜眼看她。她连害羞的力气都没有了,强忍困意,回味这一天。国语部在五个队伍中获得第三名。这是模棱两可的名次,不知道该骄傲,还是惭愧。顶点舞顺利跳下来了,没有忘记动作。比起国语部挥汗如雨的努力,观众席的反应显得过于冷清。因为顶点舞本身除了适合多人合跳之外,既不新鲜,又不漂亮。受欢迎的却是社会部男教师们的性感舞蹈。特长表演中,某个组吹嘘自己的部长是"组内龙飞御天歌"①。这样一来,下一个组也争先恐后地喊起了吹捧自己部长的口号。接下来的组为了维护部长的面子,唱了其他版本的歌曲。某个瞬间,所有人的心里都在想"真希望快点儿停下来啊"。即便这样,所有组最终还是完成了同样方式的"拥戴"。活动结束,"今天终于结束了",正要松口气的时候,学院的大巴司机突然上台拿起麦克风。刚才主持人问,最后有没有人主动上来表演?气氛骤然变得尴尬,然而谁也不能阻止,也不能责怪。司机师傅也是学院的一员,也参加了今天的运动会。当他唱起无聊而过时的《南行列车》的时候,人们感到莫名地不悦。只有另外几名司机醉醺醺地拍手。奇怪的是,那个瞬间里她想起了后辈。司机师傅走

---

① 《龙飞御天歌》是李氏朝鲜世宗大王时期的乐章,赞颂中国古代帝王和李氏朝鲜的开国历程。

上台的瞬间，她突然想不能再和后辈一起住下去了。如果后辈问为什么，她肯定不能说，因为你拿筷子的姿势奇怪，因为你不吃蔬菜。也许真的是因为这些。她知道自己不可能说出这样的话。今天恐怕还是会像昨天那样皱着眉头，向内心深处的史官告状，揭露后辈的种种习惯。她并不讨厌后辈。她从后辈身上感受到的不便或许也是某种习惯。她抱着乐扣套装，闭上眼睛。鼻梁被阳光晒得发红。以为结束的时候，司机师傅在唱歌；这回该结束了吧，悄悄一看，会餐开始了。真的结束了，终于松口气的时候，第二轮又来了。她只想快点儿回家，躺在柔软的床垫上睡觉。

她打开房门。灯光透出了门缝。后辈躺在被子上改卷子。后辈抬起头，面露喜色。姐姐你回来了？她把乐扣套装放到地板上。哎呀，这是姐姐得的奖品吗？她无精打采地回答，不是，凡是参加的人都有份儿。后辈很开心，说家里正好没有装小菜的盒子。她瞥了一眼后辈的卷子说，还在做？后辈淡淡地笑了，得意地说，是的，姐姐，我几乎都改完了。这周的主题是多样性。内容是说统一性不好，突出多样性的重要，可是所有的孩子都写得整齐划一，搞笑吧？她夺过后辈递出来的卷子。我看看。后辈脸上掠过惊慌之色。她迅速浏览卷子。"列如"改成了正确的"例如"。不知为什么，她的心情越发不悦。姐姐，后辈问，怎么了？她说，这里。嗯？错了。这里。后辈一脸天真地看着卷子，好像不知道哪里错了。别看一张只有1000元，可是只要错一个单词，那就会失去百倍以上的信用。后辈不说话了。她接着说，不知道就要问。后辈嘴唇翕动。她对自己的样子很不满意。莫名地对后辈感到歉疚，而这种歉疚却使她更加恼火。尴尬的沉默流过。后辈强忍着回答说，对不起，下次我会写正确的。她在想怎样告诉后辈，以后不会再让她改卷子了。吃晚饭了吗？没有，刚起床没多久。她说，吃饭吧，我去洗澡，洗完澡我们谈谈。她去角落里准备换衣服。后辈在整理卷子。她的瞳孔变大。她忍不住大喊，你来月经了？后辈懵懂地问，什么？后辈的米色裤子上渗出硬币大小的污渍。她急忙往床垫上看去。被子上也沾了血迹。她又问，你，来月经了？后辈慌里慌张地去看自己的屁股，然后像被扣了大罪名的嫌疑犯似的连连摆手辩解。还没到日子呢。奇怪。真的，不可能啊。后辈不知所措。她责怪后辈，来月经了都不知道，就这么躺着？后辈急忙收起被子说，我不知道，我来洗。姐姐，你快去洗澡吧。她不喜欢后辈这样。指手画脚，仿佛她是这个家的主人。她为自己要做这种检查和关照而感到厌倦。她像因为迟到而不得不扮演剩下的反面人物的学生，什么话剧不话剧的，统统都不想管了。她情不自禁地脱口而出，到此结束吧。后辈的眼神在闪烁。

那是从预感到绝望,并在瞬间结束分手过程的眼神,那是经过训练的眼神。她没有继续说下去。后辈屁股上沾着大大的污渍,顾不上去卫生间,就那么低垂着头。她安慰后辈。姐姐身体不好,最近神经比较敏感,不过这个问题已经考虑很久了。为了彼此考虑,最好不要继续住在一起了。你慢慢整理,月底前搬走就可以。沉默。片刻之后,后辈努力做出明朗的表情。好的。她望着后辈。后辈说,我也觉得这样很好。没关系,姐姐。她无言以对。这孩子,我又没说对不起,她为什么要先说没关系?后辈一手捂着屁股,拿着衣服走进卫生间。她呆呆地站着脱衣服。接下来这段尴尬的日子该怎么度过呢,她现在就开始担心了。只要稍微坚持一下,等这段时间过去就轻松了。她想快点儿,孤独起来。沉浸在柔软的孤独里,休息日从早到晚上网,或看电影,想穿什么就穿什么,想什么时候起床就什么时候起床,想吃什么就吃什么。偶尔有客人来,就像过节似的尽情打开葡萄酒喝。这么一想,她才记起自己已经很久没有这样的生活了。后辈从卫生间出来。她逃避似的走了进去。后辈应该会趁机收拾房间,吃夜宵。要不要一起出去喝杯啤酒?或者点一只炸鸡,边吃边聊,心情应该会好些。打开淋浴器,哗哗——热水流出。突然,她觉得就是在这种时候,才会为自己赚钱这个事实感到安心。可以支付水费,可以在淋浴头下真实而感性地体会,即便不是最高档，也可以买稍好点儿的洗浴用品。当她对舒适性以及产生舒适性的条件感到近乎恐惧、安心时，她相信自己在做出选择。她把沐浴液均匀地涂抹在身上，然后用热水冲洗身体，一边思考这忙乱的一天。这一天发生了很多事，也有很多麻烦。重要的是这一天"过去了"。和后辈共度的不便的日子，也会很快过去。她认真洗掉耳垂和肚脐眼的污垢。她的头发和后辈的头发混在一起，在下水口摇摆。洗完澡出来，感觉身体和心灵都变得柔软了。她决定在后辈离开之前，尽可能对她好些。她用毛巾裹住身体，在脚垫上蹭着脚，观察四周。奇怪。陈旧的寂静犹如客人，端坐于房间中央。叠好的被子整齐地放在一角。床垫的套剥掉了。她四处打量。经常放在衣架下面的后辈的行李箱不见了。后辈不在。

深夜。她躺在床垫上，用枫叶般的小手撑着额头。设好闹铃的手机放在头顶。仿佛很久以前就存在于那里，寂静而柔软的黑暗正好契合她的身体。她翻了个身。浑身酸痛。今天用了卫生棉，不知道会不会渗出血来。心里满是不安，不睡也罢。她想起后辈大惊失色地说卫生棉对身体不好时的情景。哧溜，鼻涕流了出来。看来感冒又加重了。好累。她直挺挺地躺在床垫上，静静地和着呼吸的节拍。过了很长时间。睡不着。她努力入睡。明天早晨，恐怕还会有多出几倍的"顾虑",她感到焦虑。越想快点儿入睡,越是困意全无。她索性放弃了,起身打开笔记本。与其睡不着觉胡思乱想,还不如看电视剧呢。她把笔记本放在地板上,打开存在硬盘里的文件夹。最近看过的美剧视频文件和韩文字幕文件同时出现在眼前。这是后辈下载的文件。她打开写有第24集的最后一个文件。看过第一部分,发现这个文件以前看过。她知道这部电视剧的第一季共有25集。最后一集大概是今天上午才传到网上的。她有些纠结。重新下载觉得麻烦,心里又很想看。不是"现在",而是向着"后来",为了后来而奔跑的吸引人的故事结局,今天晚上一定要看到。她登录可以下载视频的网站。搜索到25集,轻轻点击。最多十分钟就能下载完毕。她又端端正正地躺回床垫。放在床头的笔记本闪着蓝光。仿佛是沿着水管从远方飞来的几千只蝴蝶……沿着电磁波飞来的字节,众多故事的点纷纷落上她的电脑。她死一般躺着,等待故事的原料静静地在头顶堆积。突然,她想起了什么。几个月来一直忘在脑后,不知为什么突然想起来了。她起身走向梳妆台,打开发票收藏盒。半条人参泡泡糖狼狈地埋没在各种发票和信用卡明细单中间。她小心翼翼地拿起泡泡糖,剥掉包装,再撕掉湿漉漉地贴在外面的银箔纸。人参泡泡糖像肉块似的疲惫地拉伸。她把泡泡糖放到鼻子前。若有若无的香辛料味道被嗅觉细胞捕捉,人参的芳香犹如灰尘气息般幽远而恍惚。她毫不犹豫地把泡泡糖塞进嘴里。天啊……她惊讶地自言自语，还是甜的。她缓慢地嚼着泡泡糖，面无表情地躺下了。满嘴的甜味和口水混合，消失，消失，混合。她蜷缩着身体，不停地嚼，直到再也尝不到甜味，同时等待电视剧"下载成功"。或许是因为屏幕隐隐的光，或许是因为苦涩的人参味道，她的神情有些奇怪，像哭，又不像哭。闹铃还没响。这是一个闹铃不会响起的无比深沉的夜。

圣诞特选

今天可以看到一年中最安静的城市。凌晨一点,灯一盏盏熄灭,街头的人群渐渐消失的时候——首尔静悄悄的,像出了故障的音乐贺卡。男人穿着假冒的阿迪达斯运动服,夹着一盒拌面,眼望天空。电线如同五线谱,在低矮的云层间延伸。雪花落在男人脸上,悄然融化。经过乐谱,朝着最低音滑落的音符。路灯下的雪颜色金黄,仿佛摸上去会很温暖。

男人把手插在口袋里,加快脚步。家门口的小店关门了,他绕了很远的路去便利店,买了一盒烟、一包方便面,现在正匆匆返回出租屋。口袋里的零钱轻快地碰撞,像救世军的枪声。男人想起她的面孔。也许是因为纷纷飘洒的白色雪花像男人的种子。今天夜里,世界将出现大量的"人之子"。男人对自己在圣诞节关心她的近况而感到不悦。这种关切就像因为想象着对方的心情而经常按响的音乐贺卡,真正到达对方手里的时候却发不出声音,带给他失败的预感。明明想和她睡觉却绕着弯子不肯直说,然后紧紧握起拳头。现在和那时一样。他小声自言自语:

"我怎么这么笨呢……"

男人瞥了一眼附近的旅馆。白色牌匾上面用红字写着"旅馆"。旅馆名叫"旅馆"。仿佛在说,旅馆不懂吗?还需要解释吗?"旅馆"是覆盖着假爬山虎的三层建筑物,门前365天都放着圣诞树。好像一年四季都在过圣诞节,五彩的灯光闪烁着悲伤。此刻,那些灯光正在辛勤地眨眼,仿佛要把今天变成谎言。男人没去过那儿,可也知道那是什么地方。了解那是什么地方并不需要特别的想象力。

从济州到首尔,全国各地的旅馆大概都一样。结构、客人、内容都显而易见。不过,越是显而易见的事情,越具有奇怪的魔力。明明知道结果显而易见,却还是觉得奇怪,需要反复确认,直到完全相信。男人每天从那里经过,一边告诉自己不要看,一边看个没完。边看边走,生怕别人注意到自己。

男人并不觉得旅馆就是不干净的地方。他抬头看着汽车旅馆和旅馆窗户,心生艳羡。他感到不安,因为那么多的房间,却没有哪间真正属于他。男人连续几年都和妹妹住同一个房间。明明是因为家庭状况，长大成人的兄妹同住一室却成了很多人的笑柄。每次遇到尴尬状况，妹妹就会迅速地跟他开玩笑，或者直截了当地责怪。男人责怪妹妹，女孩子家脸皮真厚，后来他才知道这种"厚脸皮"是多么巨大的关照。同时也是两个人能够生活下去的智慧。当他坠入爱河的时候，他第一次希望有个属于自己的房间。也不全是为了做爱，还可以闲聊，可以整天厮守，不用像旅馆那样从后门出去，类似这样的属于自己的房间。

他也不是没在旅馆里和恋人睡过觉。哪怕小小的动静，他们也会害怕。总感觉有人要来，总觉得应该离开。不可抑制的炽热青春和朦胧体香，闭着眼睛爬上她的身体，神情恍惚地准备说些淫荡龌龊的情话，然而附近孩子们的喧哗和卖菜车的喇叭声，还有下水道施工的声音，纷纷传来，不绝于耳。男人第一次对她说"我爱你"的时候也是这样。云层遮盖的天空，黑暗的城市，雨滴声在两人的心里，在抒情的底部画着同心圆，慢慢地凝结、扩散，凝结、扩散的时候——两个人听着心底的声音，默默无语。男人拥抱着她，亲吻，然后注视她的眼睛。突然，男人急切地想说"我爱你"。内心在低语，就是现在，必须是现在，现在是最好的时机。男人像是在说非常重要的话，同时也希望对方能够听得清楚。他用力说道：

"我爱你。"

她抚摸着男人的脸。男人的眼神里充满期待。她的嘴唇缓缓张开，正要把心底的答案传递给他的瞬间，窗外传来孩子们的声音，还有人大声喊道：

"妈的！不是这样的！！那个兔崽子总是这样。"

房间里的空气被外界的噪声撕裂了，狼狈地坍塌了。男人想死的心都有了，好像自己说了个黄色笑话，却没有人笑的时候。他小心翼翼地摸着她的阴毛，心里想着"啊，那个兔崽子总是那样"，嘴上却说"真是个王八蛋"。

分手已有好几年了，现在也搬到别的地方，可是男人依然希望有个属于自己的房间。现在的出租房还是像旅馆，说不定什么时候就会有电话打来，让他离开。在首尔生活十多年，男人已经换过好多房子。有和别人共用卫生间的一居室，也有每到雨季就要挽起裤腿扫水的半地下室。他对这些房间也很了解，还有随着房间变化的拥抱和约会，以及不论在什么地方都如影随形的焦虑。

男人住得最长的房子是大学街附近五层建筑上的阁楼。那是个活动房，需要从一层住户门口绕半圈，再爬很长的楼梯才能到达。楼梯又窄又陡，没有栏杆。每次上楼时，男人都要压低身体，像表演杂技似的移动脚步。在那里,做什么都要当心。走路、洗漱、做爱都必须小心翼翼。他和她上楼,中间没有休息。每层楼梯都结冰的时候,风雨交加的日子里,他们为了做爱而上楼的样子就像吊在北极冰川的遇难游客。望着女人一步步走进天空的背影,他提心吊胆,担心她会不会就此消失。有一天,当她真的消失的时候,男人独自望着遥远的楼梯,心想她离开并不是因为变心,只是因为腿有点儿疼。

  不过现在,他的心不痛了。男人腰间的方便面在温情地沙沙作响,今天晚上电视肯定会播放圣诞特选电影。那边的"旅馆"招牌上的灯都熄灭了。看来房间已经订满。圣诞节嘛。男人笑了。今晚某个黑帮头目会和三个人一起吧?想到这里,男人有点儿闷闷不乐。这时,远处有三名头戴鹿角的女孩趴在地上,冲着他叫"咩咩——"鹿是这样叫的吗?男人有些疑惑,不过他从来没听过鹿叫。只知道今天夜里地球上的恋人们都会竭尽全力地大声叫喊。第一次经历之后,男人是多么不知所措。看着朋友的面孔就会想,他也做过,他也做过吗?继而得出结论:父母也是这样,米店老板娘是这样,李舜臣[①]是这样,披头士是这样,蒋介石也是这样吧?他忍不住低下了头。那我妹妹也是

[①] 李舜臣(1545—1598),李氏朝鲜著名将领、爱国英雄,万历朝鲜战争(韩国称"壬辰倭乱")期间指挥朝鲜水师,重创日本侵略者。

吗？当然这是很久以前的事了。如果放在青春期，可能会眼含泪花地问，老师也这样做，是吗？现在说不定会泰然自若地说，哎呀，所有人都会做的事，大惊小怪干什么？男人摇晃着方便面袋，穿过马路，走向胡同。他似乎有些无聊，拿出手机给妹妹发短信。

——干什么呢？

这已经是第三条短信了。男人露出顽皮的笑容。他知道妹妹在做什么。他偷看了妹妹从早晨开始急急忙忙地涂抹美体霜、喷香水、换内衣的样子。他也认识妹妹的男朋友。相遇在家门口的时候，对方很有礼貌地打招呼。现在妹妹应该和这个人在一起。不过，他不是以哥哥的身份发短信责怪妹妹。没关系。披头士、蒋介石都做的事，妹妹也做，这没什么不对。既然要做，那就要做好。他想鼓励妹妹。男人每隔三小时发一条同样的短信。妹妹一定很生气。男人用冻得发红的手使劲按字母键，又发送了一条：

——真的，在做什么？

男人把手机放回口袋，观察四周。刚才就觉得有些不对，又不知道是哪儿不对。空荡荡的城市北部，城市的边缘，男人立刻意识到街上只有自己。男人环顾四周，自言自语道：

"所有的人，都去哪儿了？"

因为寒冷而绷紧的电线摇摇晃晃。收音机里说，加拿大国境上的鹿爬上电线杆,死了。在没有售出的卡片上,鲁道夫①露出静止的微笑。不知从哪里传来唱诗班少年剥糖果的沙啦沙啦声——今天将迎来一年中最心痛的黎明,圣诞节。

*

女人用袖口擦了擦凝结着雾气的玻璃窗。收音机里流出野菊花②的《又到圣诞节》,窗外下雪了。女人双膝合拢,好像在沉思什么。其实她有点儿气愤。男人看着女人的脸色,用雨刷擦洗车窗。男人花150万买来的豆沙色二手车正在结冰的公路上滑行。就在刚才,两个人的气氛还很好,一切都是因为"房间"。

女人和男人从大学时开始恋爱,已经迎来第四个圣诞节。但是,两人一起过圣诞节还是第一次。第一个圣诞节,女人一声不吭,独自回了乡下老家。男人抱着打不通的电话急得团团乱转,担心自己做错了什么。女人回老家的理由只是"没有衣服了"。女人真的很郁闷。她

---

① 鲁道夫是圣诞传说中为圣诞老人拉雪橇的领头驯鹿。
② 韩国著名乐队,成立于1985年,主唱全仁权、贝斯手崔成元、键盘手许成旭、吉他手赵德焕、鼓手朱灿权,名曲有《你不要担心》《那就是我的世界》等。

和哥哥同住，不可能有太多的衣服和饰物。攒够学费后，她也试图用剩下的钱打扮自己，然而买了衬衫，却没有可以搭配的裙子。买了裙子，又没有鞋。她的打扮像系着围巾的鸭子，有点儿不伦不类。她自己倒没意识到这点，也曾为新买的裙子开心，从早到晚自信满满地在校园里飞舞。不知从什么时候开始，她才恍然大悟。时尚不会在瞬间完成，时尚来自长期的消费经验和眼光，以及用品的自然搭配。要想穿得"自然"，而不仅仅是"好"，除了感觉，还需要宽裕的生活条件。二十一岁的女人想在男人面前展示自己的美。这不是虚荣心，而是出于朴素的纯情。圣诞节那天，尽管男人从来没有批评过她的打扮，她却因为没有像样的衣服而选择了逃跑。那天，男人独自喝酒，至今也不知道女人消失的原因。

第二年圣诞节，男人说要回老家。原因是妈妈身体不好。那天，男人却留在了首尔。不是因为衣服，而是因为钱。毕业一年了，男人始终没找到工作，欠了她很多人情。她在酒吧打工，每次见面的时候，餐费和旅馆费都由她支付。男人心怀愧疚，不过暗下决心，再麻烦她一段时间吧，等我找到工作，一定对她好。同时，男人辛勤地四处投递简历。他也不是没想过打工，然而仅仅写自我介绍和履历就花了一天时间。面对萍水相逢的公司，写1500字的入职动机或十年后自己的样子，这让他感到费解，不过还是花了很多工夫写履历。这期间，他详细分析公司状况，练习回答面试问题，又花了几天时间准备笔试。他缺少的不仅是时间。从基本的交通费和餐费，到无法预料的礼金，花钱的地方太多太多了。单是购买面试穿的西装就花掉了两个月的生活费。为了给面试官留下好印象，他不能挑便宜的西装。买了西装还要买皮鞋，买了皮鞋又要买提包。这样过了几次面试，新的季节来了。季节变换，他又要买新西装。一个很冷的冬日，他没钱买外套，就在西装外面套了件黄色羽绒服去参加面试。他总感觉别人盯着自己的旧羽绒服，紧张得冷汗直流。最让他痛苦的是每次面试之后，总是因成绩"不上不下"而落选。在不断鼓励自己的女人面前，他深深地自责。这个女人，她不会是在忍着我吧？转眼到了十二月，各种年底催款单纷至沓来。他又一次在面试中落选，生活费也捉襟见肘了，而圣诞节犹如瘟疫般归来。

圣诞节前几天，男人坐在图书馆休息室里喝着自动售卖的咖啡。他拿出女人送给他做毕业礼物的钢笔，在纸杯上计算圣诞节约会一天需要的费用。晚饭2万，电影票1.4万，礼物2万，喝茶1万，旅馆费4万……随便一算就过了10万。哪怕她会支付喝茶和看电影的费用，剩下的钱也不是小数目。要不要借钱？他也这样想过，可是能借的地方都已经借过了。他想和她一起过圣诞节。一起吃晚饭，送礼物，喝葡萄酒或鸡尾酒,在比平时稍贵的旅馆里像模像样地做爱。也就是说……像别人那样。他筹不到钱。他也不想成为那种连圣诞节都要女人付费的糟糕男人。最后他选择了说谎。妈妈身体不好。这是他送给自己,也是送给她的唯一的圣诞礼物。

第三个圣诞节,两人已经分手了。女人因为准备就业而疲惫不堪的时候,男人因为加夜班和过度疲劳没能给她足够的关心。女人倾诉苦恼的时候,男子总是听得心不在焉。这让她很受伤。男人说他只是太累。同样的不满和同样的辩解反反复复,两个人分手了。这只是所有恋人都经历过一两次的小分别。几个月后,两个人又复合了。那时,圣诞节已经过去。圣诞节那天,女人无意间在"旅馆"门前看到一对争吵的恋人,却听男人说看什么?你这个臭女人!她吓了一跳,委屈地逃跑了。她忐忑不安地逃跑,突然就想念起他来。

今天,终于迎来了只属于他们的平静的圣诞节。两人做好了比任何时候都更开心,更从容地迎接圣诞节的准备。现在,男人有了稳定的工作,女人也有了漂亮的皮鞋和朴素的正装。两人都更时尚了。到了这个年龄,更让人发愁的不再是约会花销,而是停车空间;不是衣服,而是房贷。他们现在需要的不是衣服和钱,而是"房间"。他们都是长期与人合住，恋爱期间都在为寻找住处而奔忙。有时趁同屋不在的间隙，他们在各自的出租屋里拥抱。这当然是非常不安的拥抱。身体交融的同时总是心怀焦虑。如果门突然打开，或者女人的哥哥回来怎么办？如果赤身裸体地与他四目相对，那么——"就自杀算了"。有一次，他掰着手指惊讶地说，我们四年花的旅馆费有几百万。仿佛这个数字能代表两人的爱情指数，女人很是心满意足。这个数目比当时两人的存款余额还多。今天他们可能要去汽车旅馆。虽然没有约定，不过他们有着多年恋人的默契。他们都知道，今天夜里，他们会一起度过。四年了，圣诞节，我们终于"做到了"。

两人看了电影。那是专为圣诞节打造的浪漫喜剧片。电影很无聊，不过"在做着什么"的感觉令他们兴奋。电影结束后，他们去了附近的家庭餐厅。等了三十多分钟才找到座位，两人却始终面带笑容。女人对自己今天的打扮很满意，男人觉得很久以前写在纸杯上的一日行程似乎实现了，感觉也很开心。他们坐在还没收拾好的餐桌前。服务员走过来，跪坐在男人面前。服务员用夸张的声音向他们问好，给他们点餐。他们打开菜单。男人的脸上掠过一丝慌张的神色。菜单上都是以前没吃过的食物。面对菜单上的选项，他不知如何是好。沙拉酱是选择烟熏蜂蜜芥末酱，还是意大利油醋汁？这个套餐和那个套餐有什么不同？如果牛排要全熟的会不会显得土气？饮料只点一种可不可以？最担心的是自己这么尴尬，服务员会不会瞧不起自己？服务员似乎见惯了不会点餐的客人。他们听着服务员亲切的解释，稀里糊涂地点完了餐。服务员用清亮的嗓音说，我确认一下二位的点餐。服务员挨个念完他们点的食物，又问，请问对吗？紧接着，橙汁、汤和面包先上来了。女人拿起勺子，舀了一勺盛在精致汤碗里的洋葱汤，灿烂地笑着说：

"好喝。"

男子腼腆地回答：

"嗯，面包也好吃。"

不一会儿，东方鸡肉沙拉、得克萨斯肋眼牛排和春蔬意大利面相继上来。两人一边享用，一边谈论从前的回忆和同事们的传闻，以及各自在职场的苦恼。这种日子为什么偏偏说起往事呢？不过总归还是很愉快。男人用吸管喝着续杯的碳酸饮料，环顾四周。也许是因为桌布相同，那里的人看起来都差不多。男人对鸡肉中使用了近似于狐臭的香辛料感到恶心，但是他没有跟女人说自己想吃部队火锅。因为点餐不熟练，两人剩了很多食物。离开餐厅时，男人用信用卡结了七万多元的餐费。

晚饭后,两人走进了高档大厦里的高档酒吧。直接去汽车旅馆有些难为情。两人手拉手进入自动门,穿戴整齐的服务员走过来,问男人:

"两个小时后如果不再次点餐的话,就要离开,可以吗?"

桌子上点着蜡烛,爵士风格的圣诞颂歌在荡漾。男人点了不加酒精的鸡尾酒,女人点了葡萄酒。在柔和摇曳的烛光下,对方的脸显得更有魅力。他们互相送了礼物。男人不喜欢领带的颜色,还是对女人说了谢谢。女人小心翼翼地打开礼物。红绿为主色的圣诞内裤和文胸。内裤腰中央镶着小巧的金铃铛。男人想象着套在女人身上的内衣和内裤,仿佛镶嵌在内裤上的小铃铛马上就会发出叮叮当当的声音,脸上不由得露出了微笑。

走进第一家汽车旅馆,他们吃了闭门羹。两人没在意,首尔最多的就是汽车旅馆了,可以去别的地方找找。从第二家汽车旅馆里走出来的时候,他们也没多想。平常周末也有过几次类似的情况。他们在市中心转了一个多小时,还是没能找到空房间。男人没想到圣诞节这天的旅馆会这么快满房。他不知道,像今天这种日子,如果想找到房间,那就要从傍晚开始早早入住,或者提前预约。好不容易发现一家旅馆,男人却以"就在公司门前"或"没地方停车"为由拒绝入住。有一次,男人面露喜色地问,这个怎么样?女子瞥了一眼旅馆,灯都灭了,说明没有房间。男人呆呆地看着女人。你怎么知道？圣诞节不提前预订旅馆，却在酒吧里坐到很晚，男子的做事风格让她恼火。男人一边开车一边找旅馆，神经变得敏感起来。原来进去一次都觉得不好意思的地方，今天进了十多次。这让他感觉自己是个如饥似渴想和女人上床的男人。这种感觉令他颇为不悦。就这样，女人的脸色越来越难看，男人的语气也开始不耐烦。他们已经在街头辗转了三个小时。从钟路到市政府，从首尔站到永登浦，一路寻找汽车旅馆。两人阴沉着脸，各自看着不同的地方，一只眼睛还是在不停地寻找旅馆招牌。仿佛只要找到旅馆，他们很容易就可以和好、拥抱、睡觉。气呼呼地望着窗外的女人努力表现得漫不经心，说道：

"那边，好像有啊？"

远处有个巨大的霓虹灯在闪烁，仿佛救命稻草。LOVE。那是四栋建筑相连的"爱情"旅馆。每栋建筑上分别放着"LOVE"的四个字母。一看就知道是接近酒店水准的高档汽车旅馆。男人抚了抚胸口。楼前也有宽敞的停车场。女人脸上也掠过安然的神色。女人期待自己可以在盛满热水的浴缸里洗泡泡浴。说不定还有可以按摩的大大的圆形浴缸，面对面坐着用泡沫捉弄对方，彼此光滑的身体不由自主地碰撞，然后就同床共枕了吧？刚才的疲劳和恼怒冰消雪化了。男人轻柔地转动方向盘，驶向平静地飘舞着绿色浴帘的停车场，驶向遥远的汽车旅馆"LOVE"。

*

男人吃着拌面看电视。屏幕上播放着年轻的约翰尼·德普挥舞剪刀手的画面。说是"特选",却不像特选影片。其他频道也差不多,要么是非常有名、以前看过的电影,要么是没能上映而低价卖出的电影。偶尔也能看到在有线电视上映不久的新电影,可是刚在屏幕播放就立刻过时了。电影本身没什么意思,还要插播广告,剪成好几段。男人很不喜欢有线电视台的放映方式。这种做法会摧毁电影的某种特质,尽管卧室不是电影院。罗密欧吞下毒药的瞬间出现蒸汽吸尘器,剪刀手坠入爱河的瞬间出现塑身腹带,显得很粗俗。男人用筷子卷起一根面条,心想,以前看过的东西为什么要再看?他并没有换频道,而是确认某个场面的确在这里出现。他把碗里的面条吃得干干净净,然后喝大麦茶。很快,他的脸色像大麦茶水一样清朗起来。男人多次搬家,很少住过有厨房的房子。他在外面吃饭,渴了就从房间的单门冰箱里拿出瓶装水,对着瓶口大喝。第一次搬到可以做饭的房子,男人双手拿着盛满大麦茶的玻璃杯,像孩子似的喊道:

"哎呀!用杯子喝水,味道真好!"

很久以前，男人就梦想用消过毒的德尔蒙果汁瓶装大麦茶，放在冰箱里冷藏之后再喝。这使他的生活接近于某种普通标准，而且变得滋润。男人跟妹妹说，不管多穷，一定要买马桶清洁剂。马桶清洁剂是圆形固体，放在抽水桶里。这样每次冲水就会有蓝色的水流入马桶。男人说看到白色马桶里清新地积聚着蓝色的水，心情就会莫名地变好，甚至会觉得自己过得还不错。妹妹觉得他奇怪，却也觉得马桶看着干干净净的确不错。男人说，在当今世界，就算饿肚子也要上网，才能活得像个人样。刚到首尔，住在老鼠洞一样的小房子里，男人就是这样了。那是很小的房间，他和妹妹并排躺下就没有别的空间了。在那个房间，价格最贵，占地最大的就是他的旧电脑。电脑有着鼓鼓的显示器和大大的主机，难看地凸出在房间角落，每次开机都发出巨大的噪声。妹妹从酒吧打工回来，总会盯着他呆呆坐在显示器前的身影看一会儿。有时男人通宵上网，影响妹妹睡觉，但是妹妹从不发牢骚。因为在妹妹听来，电脑的嗡嗡声就像是哥哥"为了活得像个人样"而用一只手吃力转动的发动机的声音。

因为有限的保证金和租金，他们只能经常搬家。其实房子都差不多。最近，他们攒了些钱，决定搬到更宽敞的房子里。一大早，他们就兴奋地到处找房子。只过半天，他们就垂头丧气了。男人摸索着从电线杆上揭下来的一张张租房广告，惭愧地对妹妹说：

"我原来以为,如果我有1000万,人生就会有大的改观。"

妹妹笑了笑,说:

"我也是。"

一阵风吹来,贴在电线杆上的传单齐刷刷地飘动。有房出租。全/月税①。家具家电齐全。还有随风飘舞的电话号码。没有主人的数字如同草籽般在城市上空飞舞。妹妹递过一张标价很高的传单,开玩笑说:

"我们去看看这个房子怎么样?我们不签约,就看看这个价位的房子什么样。"

他们去看那天见过的最贵的房子。真的只是想参考一下。门开了,走进阳光照耀的宽敞一居室,两人瞬间就明白了。他们想住的原来就是这样的房子。最后他们搬进了这个房子。租金很贵,然而他们想不管不顾地"硬撑"一次。哪怕只是电影院或游乐园似的幻象,只要花钱就可以短暂买到。也许他们已经厌倦了从前的本分,只想放纵一次。搬家后的一个月里,他和妹妹经常谈论新房子的优点。有单独的鞋柜,不乱,这点很好。卫生间地板像女孩的脸蛋,干净整洁。燃气灶上竟然有油烟机。男人知道,他们在这个房子里的日子所剩不多了。明年

---

① 韩国租房形式基本有两种:全税和月税,全税指租客一次性支付租金和押金,租约到期后房东如数退回;月税指按月缴纳租金,类似于国内的押一付三。

妹妹结婚，保证金就要分成两半。说不定他又要回到几年前的房子。今年应该是最后一次和妹妹过圣诞节了。男人把空碗放进洗碗池，久违地在房间里抽起了烟。妹妹肯定会发脾气，衣服上都有味了。男人嘴里叼着烟，打开电脑开关。窗外下着雪，电视屏幕上过了好几年还没长大的麦考利·卡尔金①正在独自叫喊。男人关上电视，喃喃自语。他之所以叫喊，或许不是因为小偷，而是因为连续几年一成不变的圣诞节令他厌倦。电脑发出痛苦的声音，慢吞吞地启动。为了活得像个人样。男人用拳头握紧了鼠标。

*

雪一落地就变脏。垃圾袋像礼物包裹一样堆在胡同里。汽车前灯的光芒在公路上朦朦胧胧地徘徊。男人在汽车旅馆"LOVE"里也没找到房间。只剩一间了，还是25坪的派对房，每晚三十多万元。旅馆职员亲切地点击电脑屏幕，展示房间里的复式楼梯、鸡尾酒吧台、带LCD显示屏的大电视。女人抓紧了男人的胳膊，像是要晕倒。男人犹豫不决。他们从没住过这个价位的房间，而且住不到四个小时。

---

① 美国演员，因主演《小鬼当家》系列电影而闻名世界。

第二天，男人要赶在九点之前去公司。只是短暂地睡个觉，派对房的家电用品和家具似乎都没什么用。当作婚房，怀着过家家的心情住一夜倒是可以，然而三十多万元相当于男人一个月的房租了。幸好女人先拉起男子的胳膊。男人对职员说对不起，然后离开了。刚刚走出旅馆，他就后悔了，为什么要说对不起呢。这也是一种习惯。男人发动汽车，驶出了停车场。

汽车驶过山路，到了九老工业园附近。男人眼睛发红。女人说不一定非要找汽车旅馆，普通旅馆也可以。男人在九老工业园住宅区的胡同里停下车。那我们在这里找找看。胡同里有几个客栈的招牌。小小的立式招牌上面写着"伴侣""玫瑰""首都"等字样。男人小心翼翼地问道：

"要不我们住一下客栈？"

女人冷冰冰地回答：

"客栈？那不是比旅馆更落后嘛。"

男人问道：

"你又是怎么知道的？"

明明知道是开玩笑，女人还是心情不悦。她没有力气争吵。男人朝胡同尽头的客栈走去。那是洋溢着民宿风的简陋建筑物，门口贴着

"长期有房"的纸条。男人先走进入口。仿佛下一夜暴雪就会倒塌的样子。男人敲了敲前台的小玻璃门。前台看上去像彩票销售窗口。被吵醒的老板娘蓬头散发地站起来。女人心想,为什么旅馆老板都长得差不多呢。老板娘看了看两人的打扮,惊讶地说:

"现在房间紧俏,有点儿贵啊。"

女人紧张起来。这个人,趁着圣诞节宰人呢。

"要多少?"

"2.5万元。"

女人更担心了。贵的时候才这么多,那平时要多少钱呢。男人递过信用卡。

"这里不能刷卡。"

"我没有现金,为什么不能刷?"

老板娘突然探出头来,冲着两人身后大声喊道:

"哎呀,又来了!为什么要让别人住进来?"

女人和男人转过头。两个青年猫着腰站在门前,看样子是听到老板娘的声音才停下来。从长相来看,好像是东南亚人。一个背着背包,另一个提着装有啤酒的黑色塑料袋。老板娘提高嗓门儿。

"那个房间里到底想住几个人?不许超过四个,我说过多少次了?把鞋藏起来,人长得差不多,就以为我看不出来,要么你们就多出钱。

这个人又是从哪儿带来的？"

两名青年瞪大眼睛，认真听老板娘说话。提着黑色塑料袋的青年露出尴尬的表情，背包青年声音洪亮，结结巴巴地回答：

"我不是来睡觉的，我来看朋友。喝完酒就走，我有房子，我真的不在这里睡觉，真的不睡。"

老板娘说：

"什么睡不睡的？不睡又怎样？多一个人就要多用一份水，多占用卫生间。"

塑料袋青年回答说：

"我的朋友喝完酒就走，他有房子。"

"喝什么酒，来这里喝酒、抽烟的人，没见过谁攒够钱离开……"

女人急忙递过现金。她想快点儿摆脱这种局面。

"给你钱。"

老板娘看了看纸币。两名外国青年逃也似的进了房间。老板娘喊道：

"我一会儿就过去！"

男人和女人尴尬地站着。老板娘挠着散乱的烫发，说道：

"哎哟，对不起，正好还有个带床的房间。我把那个房间给你们。"

老板娘拿着毛巾和水壶，带着他们停在一扇掉漆的木门前。没有门牌号，也没有钥匙。隔着门缝能看见里面泛黄的壁纸。女人问：

"鞋子放在哪儿？"

老板娘指了指放在房间角落的方便面箱子。女人不知所措。男人似乎累了，已经进了房间。女人不知所措地把鞋放进去，锁上房门。女人抓着门把手，长长地叹了口气。房间里没有电视，也没有冰箱。男人扑通躺到床上。弹簧发出吱嘎的声音。男人说：

"这样还不错。"

女人不满地看了看寝具。满是黄斑的被子上蠕动着陌生人的阴毛和头发。女人小心翼翼地打开卫生间的门。充斥卫生间的腥臊味扑面而来。地上的瓷砖破了，生锈的洗漱台斜斜地戳在上面，像失去了脚的残兵败将。流淌着锈水的洗漱台上聚了一团头发。女人关上卫生间的门，质疑的目光投向男人。男子极度疲惫，却还是流露出"想要"的表情。女人实在无法盖那床被子。男人避开女人的视线，发现木门上有个洞。洞口塞着一张报纸。男人看了看女人的脸色。女人抓着外套衣角，站在房门前。男人担忧地问：

"怎么了？不喜欢？睡不着？"

女人说没关系，明天你还要上班，先睡吧。睡还是要睡的，就在这里睡。女人蹲在角落里。她打算盖着外套，坐着睡觉。男人想了想，掀开被子起来，温柔地问：

"我们出去？"

女人哭丧着脸，点了点头。两人又从箱子里拿出鞋子，走到门前。男人打开旅馆的门，听见咣的碰撞声。稚气的卷发青年惊讶地望着男人。啊，女人发出短促的尖叫。卷发青年只有一条腿。青年拄着拐杖，背着大大的包。空荡荡的裤腿打了个圆形的结。看起来像是刚才偷偷进来的。青年头上戴着奇怪的圣诞帽。格外地红，格外地扎眼。青年古铜色的脸上掠过明显的慌张。青年大步走向他们。女人和男人向后退。青年摇晃着装有酒瓶的袋子说：

"我，是来见朋友的，喝完酒就走。我不在这里过夜。"

男人紧紧搂住女人的肩膀。转眼已经五点多了。雪落在戴圣诞帽的独腿青年头上，无声无息。

*

男人的脸上映着显示屏的亮光。脸上的时间被咔嗒咔嗒的鼠标截断。世界静悄悄的，相对而坐的男人和电脑像一对彼此信任的恋人，显得温柔多情。男人在门户网站浏览了几条娱乐新闻。看过几个网站，他进入某人的主页。主页也看够了，他打开收藏的视频文件夹。几部美国电视剧和自己喜欢的电影，还有色情视频，整齐地收藏在文件夹里。男人点击一个视频文件。看过一两次之后厌倦了，却又舍不得删除的色情视频，魔法般地浮现出来。男人心不在焉地看着画面。突然冒出个念头，要不要手淫呢。他也不是很想，只是无事可做。念头就这样产生了。产生某种熟悉感之后想睡觉，曾经以这种方式进入深度睡眠，并且为此心怀感激。男人知道，身体有时也会说谎。他正要拉下拉链的瞬间，听见门外有动静。男人看着房门。钥匙转动的声音。男人急忙拉好拉链，关掉电脑显示屏。妹妹脸色苍白地站在那里。男人故作泰然，尴尬地问道：

"怎么这么早就回来了？"

妹妹没有回答，脱掉被雪沾湿的靴子，扔在地上。

"帮我铺上被子。"

"吵架了？"

"没有。"

妹妹把包扔在一旁，拿起T恤和大短裤，走进卫生间。男人把房间擦干净，在地上铺了两条冬天用的厚垫子。两条垫子之间，稍微隔开点儿距离。妹妹换了衣服，走出卫生间，倒在垫子上面。

"要睡吗？"

"嗯，可不可以把灯关上？"

男人检查了一下门，提高了锅炉温度，然后关灯，他也躺在垫子上。

男人翻身面对妹妹,说道:

"今天都干什么了?"

妹妹用手按着额头,回答说:

"就是吃饭,看电影……"

"吃的什么?"

"空心面和牛排。"

"在哪儿吃的?"

妹妹的声音充满了疲惫。

"就是在钟路。"

男人眨了眨眼睛,兴奋地说:

"刚才我在网上看新闻,林正石和朴艺利在拍拖,搞笑吧?"

"嗯。"

"今天给妈妈打电话了吗?"

"嗯。"

"妈妈问我们元旦回不回去,你回去吗?"

"嗯。"

男人事无巨细地讲起今天经历的琐事。妹妹慢慢地睁开眼睛,再合上,听着他说话。这个月的税金和棒球运动员的负伤,朋友生子和前辈离婚,不知道贺礼是出5万还是10万。妹妹似乎对这些不感兴趣。

不知为什么，男人显得颇为兴奋。妹妹真想彻底融化到温暖的地板下面。过了一会儿，男人滴溜溜转着眼睛，望着天花板说道：

"小时候啊。"

"……嗯。"

"一到圣诞节就能收到礼物。"

"……嗯。"

"可我真的觉得好奇怪。"

妹妹转过身去，用充满倦意的嗓音问道：

"哪儿奇怪？"

男人陷入回忆，说道：

"看电视和电影的时候，圣诞礼物总是包装得很漂亮，而且都是放在装饰精美的松树下面。礼物都装在又大又精致的盒子里，好像真的是圣诞老人送来的。"

妹妹的声音渐渐变得含混不清。

"……嗯。"

"放在我们头顶的礼物却总是装在黑色袋子里，我觉得这很奇怪。"

"……"

"你不觉得奇怪吗？"

"……"

男人转头看妹妹。妹妹睡得无声无息，好像死了一般。男人默默地躺着，用手指戳了戳妹妹，说道：

"喂，卸了妆再睡。"

下了一夜的雪不知什么时候变成了雨。门前路灯的黄光和雨水一起滴落，啪嗒啪嗒，像烛泪。男人拿起手机看时间。12月25日。12月25日在男人脸上映出蓝光，弥漫开去，继而消失。男人合上手机，四周又恢复了黑暗。男人忽然安心了。凌晨的黑暗正在清朗地变淡。男人闭上眼睛，准备入睡。

过子午线

　　火车如同失明的鱼驶离仁川，一路向北飞驰。我抬头看路线图，数数还有多少站。从仁川到议政府共有五十多站，途经永登浦、新吉和钟路。首尔北部的某个地方就有我的房子。路线表上的灯光在闪烁。小小的塑料灯泡，终点站之前是绿色，已经走过的站上亮的是红灯。带有城市名字的点和连接各点的线，对我来说难解又陌生，像卡西俄珀亚、珀耳修斯、安德罗梅达这些用外来语标记的星座①。陌生城市的星座。首尔的手纹。我来首尔已经七年，还有很多地方从未去过。每当在地下吹着风听向导广播的时候，我就想去旧把拨看看，也想去水色②走走。我没能做到，不是因为首尔太大，而是因为我人生的幅度太窄。正如所有星座中隐含的故事，正如那些名字，在我狭窄的行

---

　　① 分别为仙后座、英仙座和仙女座。
　　② 两地均为地名，都位于首尔市恩平区。

程中——也会有我的故事。

　　火车拖着长长的尾巴游过首都。城市里灯火万家，肯定会有备考辅导学院的灯光。在首尔，大大小小的辅导学院多如夜空中的繁星。孩子们啊，我们的星球每自转一周，尺寸都会稍稍变小——白色粉笔末是不是也会散落到宇宙的各个角落呢？这样的夜里，某个做了十年讲师、指纹早已磨平的老师正在某个角落里自言自语。车门开了，秋风猛地吹进车厢。这风辛辣又刺鼻，仿佛疲于补课的讲师们塞入口中的润喉糖的香味。2005年秋天，我二十六岁，拿着三年讲师的履历，想起几天前在学校里听到的事情。

　　"雅英，你的脸是怎么回事？"

　　我用电脑查看招聘结果，正要走出图书馆。

　　"我的脸怎么了？"

　　我伸手摸了摸脸。朋友瞪大眼睛说：

　　"你的脸皱得像个怪物。"

　　人们蜂拥而入。也许是因为"开往议政府北"这几个字的缘故——我总觉得所有人都在去往一个遥远而寒冷的国家。我看了看映在窗户上的脸。看上去有些疲惫，却也不是很奇怪。突然，我感觉自己并不知道的脸正以我的身份活着。

结束辅导学院的面试,我正准备回家。从本科二年级开始,我就经常去辅导学院工作,也算是有些经验,所以对自己也很有信心。我曾经考虑过要不要做个专业的辅导学院讲师。不过,老家朋友问起做什么工作的时候,如果回答"在辅导学院上班",好像有点儿惭愧。每个社区都有太多的辅导学院,只要大学毕业,谁都可以来做讲师。尽管不乏比普通工薪族收入更高的优秀讲师,然而人们通常把辅导学院贬为"墨水矿井"。辅导学院的规模和待遇千差万别,我每次换学院都要承受新的压力。偶尔坐在狭窄黑暗的学院卫生间里,我会觉得自己使用的卫生间代表我本人,难免郁郁寡欢。

我辞职不是因为压力。那时,我没料到自己会闲这么久。我的成绩常常高于4.0,托业分数也在900分以上。我自认为性格还不错,也算有创意。第一次在资料审查中被淘汰的时候,我心里想的是谁都会有几次落榜的,不是吗?第二次被淘汰的时候,我想会不会是因为没有资格证?于是去考了驾照。再次落榜的时候,我猜想,难道是我给人留下的印象不好?于是重新拍了照片。十几次落榜之后,我怀疑是不是因为我的国语专业。英文系的朋友却说,英文系也是一样,现在谁都会说英语。哲学系的朋友说，你总比我强吧？我把同样的话说给法律系的朋友，他用力吸了口烟，喃喃自语，这些都是以前的事了，现在考试都选有钱人家的孩子。这是一场长跑比赛，总要有人垫底才行。大约落榜二十次的时候，我想可能是我的眼光太高了。我勤快地向规模虽小却也健全的公司投了简历。结果还是一样。三十次落榜的时候，我抱着脑袋喃喃自语。

"难道我真的是怪物吗？"

准备考试的过程中，我付出了很多努力。有一次，我在网上查找大企业人事课长上传的模范答案，认真读了几遍。文章开头说，首先要认真写自我介绍。不过模范答案的提交者不仅仅是自我介绍写得好，人生本身也写得很好。如果我向IT公司递交资料——或许应该在自我介绍中提及我对门户网站的关注。他写的却是"从小我就喜欢把父亲买给我的苹果电脑分解着玩儿，这带给我很多快乐"。他的兴趣也是"骑马"。我觉得写"读书"有点儿不好意思，就写了普遍而又稳妥的"看电影"。一位前辈看了我的简历，连连咂舌说：

"这怎么没有主题呢，主题……"

我认真地说：

"前辈，怎么写主题？"

前辈曾在学校图书馆学习一年,准备入职国企。前辈说如果我请他喝咖啡,他就告诉我。我从自动售货机里买了咖啡,问道:

"听说女人参加面试的时候,考官要看她的人品。"

前辈摘着露膝"运动裤"上面的毛,说道:

"小家伙,女人的脸就是人品。"

我恭恭敬敬地递过咖啡。

"前辈,主题呢……"

前辈把咖啡一饮而尽,还能怎么写,用钱写呗。随后,他趿拉着三道杠拖鞋,悠然自得地消失了。

列车经过大方[①],驶向汉江。我数算着今天去过的辅导学院中能有几处跟我联系。其中有几处,即使打来电话,我也不会去。第一家辅导学院的院长从见面就对我说平语。为了让对方知道"我也不是好惹的",我懒洋洋地把胳膊搭在沙发上参加了面试。第二家辅导学院的院长给我"讲课"一个多小时,告诉我"讲课"是什么。我知道院长话越多,越代表他对学院没信心。一番长篇大论之后,他给出了那天最低的讲课费。最后面试的院长在我面前挥舞缠着布带的木条说,

---

[①] 地铁大方站,位于首尔市铜雀区大方洞和永登浦区新吉洞之间。

孩子就得打。我急忙叹了口气，看向窗外。地铁广播响了，下一站是鹭梁津。鹭梁津站到了。

1999年春天，那时我也是经过汉江准备去鹭梁津。我紧抱着高中三年一直背的红色步乐斯书包，四下里张望。书包里装满了绝对不能被偷走的试卷。三月，对于开始某件事来说或许有些迟了，然而这个年龄想要明白什么又有点儿太早。我腼腆而又束手无策，像极了棋盘上的"马"。城市的光芒充满车厢。窗外掠过汉江铁桥、奥林匹克大桥和大大小小的楼房。二十岁的我感觉新鲜。哎呀，桥的腿可真多啊。下午两点，宁静而久远的太阳系在头顶自转的时候，眼前豁然开朗，周围变得明亮起来。我缩紧的瞳孔渐渐变大，停留在某道风景之前。汉江对面——孤单耸立着一座大厦。大厦用全身顶着蔚蓝的天空，文静地拍打着数百片金色的鳞片。我情不自禁地感叹：

"啊！63大厦。"

我心灵的分贝太低，没有人听见我的声音。当时我的确这样自言自语了。啊，63大厦——看到63大厦，我就确信自己真的来到了首尔，才能有安全感。

说到这里，我想起一件和63大厦有关却让人笑不出来的事。那时我在复读辅导学院补课。开学还没多久，和我一起上单科课程的孩子上气不接下气地跑进教室。他一开门就大声喊道：

"喂！我看到了和63大厦很像的东西！"

"你说什么呢？"

"跟我来。"

孩子们簇拥着来到学院楼顶。孩子们四处环顾,在哪儿？在哪儿？那个孩子指着汉江对面的建筑物。

"那儿。"

孩子们茫然地盯着他的手指。正在楼顶抽烟的男孩子们也满头雾水地追随着那个孩子的视线。一个个像是看到了UFO。那里，有一座背对落日发出夺目光芒的高层大厦。那是……和63大厦很像的63大厦。不知是谁说道：

"笨蛋！那不就是63大厦吗？"

孩子们慢腾腾地下楼了。那个孩子呆呆地站在摇曳的晚霞中,问道：

"真的吗？"

……是的，是真的。正如你来自乡下，无法想象63大厦就是63大厦，正如我住在每月11万元的读书室里，正如那时我们的脸像傍晚的63大厦一样都是黄色。

1999年，鹭梁津站——我们坐在被阳光照射、鳞片般发着白光的天桥上，开玩笑地说，想成为什么？大学生。尊敬的人？大学生。你的梦想和我的梦想，都是成为和大学生"很像"的大学生。

列车经过鹭梁津。遗忘许久的事情再次浮现在脑海里。我人生星座上的某个点，格外飘忽和微弱的小星星里蕴含的故事。鹭梁津。环绕在那里的星云和五彩斑斓的尘埃，犹如挫败的梦。

说来有些难为情，我重读并不是因为学习不好。虽然成绩算不上最好，不过也能顺利考上首尔的大学。1997年，我正读高二的时候IMF[①]爆发，第二年我考教育大学落榜。突然有太多太多报考教育大学的学生，竞争率提高了。如果是因为"研学"或"综评"落榜我也不会觉得惊讶，万万没想到落榜原因竟然是IMF。IMF还是我有生以来第一次听说的字眼。听起来就像有人说，你没考上大学是因为位于仙后座的 7789 β 星在经过子午线时闪了一下。父母说，私立大学不行，但是也不能复读。我不知道该怎么办。更让我担忧的不是遥远的未来，而是即将到来的农历新年。为什么所有考试结果都要在新年之前公布呢？想到亲戚们的追问和模棱两可的辩解，我就觉得可怕极了。

---

① IMF指国际货币基金组织，韩国人通常用来特指亚洲金融危机。

那段日子，总有各种寄宿学院的宣传小册子寄到我们家。大多是以"某某面某某里"①收尾的长地址。那里的学生们穿着一模一样的运动服，在同一时间起床，听同样的课，每月外出一次。严重的甚至会喊醒睡眠时间超过五小时的学生，用"棍子"打。不过，升学率很高。我打开小册子，又立刻合上。每月学费要一百多万。我很想说，我给你 100 万，请不要打我好吗？可是，即使想挨打，我也拿不出 100 万元。

最后提出让我复读的人是妈妈。她说既然要复读，那就认认真真地复读。妈妈让我在首尔找辅导学院。我不知道的是，如果去外地复读，即使每个月不用 100 万，也要花很多钱。妈妈知道。我下面还有两个读高中的弟弟。虽然我知道，却不了解情况。妈妈什么都知道。我并没有感觉复读生活多么令人忧伤，也不觉得自己是失败者。有机会复读，这让我感激不尽。

1999 年 3 月，我第一次在鹭梁津站下车。地铁门开了，腥味扑

---

① 面和里都是韩国行政区划中的单位，通常是市下辖面，面下辖里。

鼻而来。大都是鹭梁津水产市场飘来的味道。有人说那是63大厦水族馆的鱼在高空腐烂的味道。铁轨两旁是一排排的广告板。英语，怀着历史使命感为您负责。大韩民国代表讲师金英哲老师。首尔大学！应该由来自首尔大学的老师来教，才能考上首尔大学。愉快的科学，朴南植老师。中央机关公务员选拔管理委员会京畿道解题大特讲正在报名。考中，考中，考中，考中神话在继续。李东成警察学院。鹭梁津考试街的新革命。鹭梁津行政考试辅导学院。公务员未来的承诺。广告板上满是刺激性的修饰语和讲师们的巨幅照片。有的温和，有的带有攻击性，有的非常严肃，有的又是"不用担心，没什么大不了"的表情。穿着打扮各不相同，从头发染色、身穿帽衫到挽起袖子，摆出运动姿势，可谓千姿百态。他们大都很年轻，眼睛凝视着远方的某个点。他们根本不知道照片上每个人的化妆都有点儿不自然，所以看起来都差不多。不过，他们似乎知道很多我不知道的东西。我感觉鹭梁津仿佛是一片"承诺的热土"。

我在学院附近预约了一个女性专用读书室，拿到了小小的储物柜钥匙。K-59。一张带隔板的书桌就是属于我的空间。这是四人读书室，放着四张带隔板的书桌。结构相同的众多隔间用帘子遮挡。我所在的隔间有两名女子。一个是录用考试复读生，另一个是正在准备五级公务员①考试的姐姐。有一张桌子空着，所以我们这个隔间相对宽敞。我一来就在书桌上贴了张便条：

今天虚度的时间是昨天已逝者无比渴望的明天。

我又在下面贴了年度计划表。我的眼睛里燃烧着熊熊火焰，拳头紧握，试图凝视窗外，可是——周围一扇窗户也没有。那天夜里，我读了去年高考满分生的手记。我在铺好被褥躺下前下定决心，一定要努力！地板太硬了，我睡不着。四人间太小，四个人都要把椅子放到桌子上面，然后像铅笔似的睡觉。四面八方不时传来嗡嗡的传呼机震动声。从这边到那边，时而间歇，时而连续。好像昆虫屏住呼吸的鸣叫，仿佛我们都变成了昆虫，蓝光在黑暗中闪烁。这样算来，这应该是读书室里最普遍的声音了。学院公用电话前经常排长队，也是这个缘故。每天只睡四个小时的人，因为舍不得时间而一年没去美发店的人，都在公用电话前等待。为了不吵醒别人，我叮嘱自己务必在发出声音0.2秒之内关掉传呼机。这个念头让我没能好好睡觉。偶尔从睡梦中醒来，眼前出现的是陌生姐姐们的面孔。

---

① 韩国的公务员分为政务级公务员和一般公务员。一般公务员共分九级，一级最高，九级最低。五级相当于中国的处级干部，考试难度最高。

第二天早晨,响亮的音乐扩散开来。那是华丽而尖锐的电吉他声。我被惊醒了。麦克风里传出外国摇滚歌手的吉他声。我看了看四周。大家都起床了,正在叠被子。我再看了看传呼机,凌晨六点。人们有条不紊地把被子放进储物柜,捡起垃圾,打扫整理。准备五级公务员考试的姐姐和蔼可亲地说:

"你要是还想睡的话,等打扫完卫生之后,铺上被子继续睡。"

呼呼——读书室总务一边拖地,一边从走廊经过。预约读书室的时候,这位青年告诉了我很多注意事项。身为考试生的他可以免费住在这里,条件是负责读书室的管理和打扫。每天早晨我们能听到什么音乐,完全取决于这位读书室总务最近"痴迷"于哪首歌曲。我们的读书室总务连续几个月拼命播放同一首歌曲。最初我自言自语,看来这位同学吉他弹得好。后来我的耳朵都快爆炸了。每到吉他手演奏到高潮部分,我就想紧紧捂住耳朵大喊,求求你快停下来!清扫快结束的时候,现场观众的欢呼声和掌声响起。有一次我问晨间音乐可不可以换成"COOL"[1]或"徐太志"[2],总务露出不可思议的表情,轻蔑地问道:

"哎呀,你怎么会不喜欢'齐柏林飞艇'[3]?"

---

[1] COOL 是 1995 年出道的韩国乐队组合,成员是两男一女。
[2] 徐太志,韩国著名歌手,1972 年出生于首尔,被誉为韩国偶像组合的鼻祖。
[3] 齐柏林飞艇,英国摇滚乐队,有四名成员。

我按照自己制定的日程表活动。起床、上课、午餐、自习、上课、晚餐、上课、作业、自习。每半个月制订一次学习计划，当天完成的事情用黄色抹掉，拖延的事情用淡绿色。所有事项全部抹掉的时候，心情特别愉快。女高时的同学们偶尔会发来亲切的语音短消息。偶尔也会有人来找我。尽管她们化妆很奇怪，戴着幼稚的耳环，我还是真心觉得她们光彩夺目。

我最先结识的朋友是敏植。敏植上的是对面的一心学院，每周却来必胜学院两次听姜熙镇的讲课。姜熙镇不仅在必胜学院，在全国都是著名的讲师。他的课程有名，当然是因为押题准确率高。他的简历中总是附加着这样的修饰语，"在必胜，最短时间内获得最高成绩"。听课之前，我茫然地认为名讲师的特征就是演技好。但是在鹭梁津，让我吃惊的是讲师们的从容。他们懂得怎样毫不费力地让孩子们专心听课。他们会分发很多印刷品，主要是印有他们姓名的特别摘要和核心试卷。看到印刷品上画着讲师们的漫画像，我感到很震撼。精彩的语句和清晰而丰富的图表也让人感动。不知为什么，我感觉这么多资料都是白捡。啊，原来首尔的私立教育是这样！他们代表了能让人侧耳倾听的战略战术。轻描淡写地传达重要信息的讲话方式让我莫名地心生敬畏。小小的提示和充满人情味的建议，定期进度检查和安慰也对我很有帮助。不过这只是政治性的安慰，上课目标还是让学生继续听他们的课。即便如此，我们还是需要他们。所以我们熬夜等待，取得听课证，为了坐在最前排而提前十五分钟排队。

那天，姜熙镇在黑板上写下今后的计划和战略。他开玩笑说，跟朋友要反着说。我觉得这个玩笑很可怕，不过还是跟着其他同学笑了。倒不必反着说，却也没必要故意告诉别人。因为我确信自己为了这些信息付出了某种代价。突然，教室门开了。保安大叔走进了教室。为了防止有人偷听讲课，学院会不定期检查听课证。姜熙镇似乎很熟悉这个程序了，于是退到教室一边。同学们从书包里翻出听课证。这时，一张纸像蝴蝶似的飞了过来，轻飘飘地落在我的脚下。我捡起来，看了看四周。坐在后面的同学伸出手，含含糊糊地冲我点头。下课时，有人递给我一杯饮料。

"刚才谢谢你。"

我注视着他的脸。

"你是谁？"

"哦，刚才那张听课证……"

"……啊，好的。"

他有些难为情，察言观色地问道：

"请问，你老家是哪里？"

敏植和我是同乡。他欢欣雀跃地说要请我吃饭，邀请我去吃全鸡排。陌生男子的好意让我感觉到压力，可是我又的确想吃全鸡排。我们走过复印店、文具店、练歌房、台球厅、漫画书店、游戏厅鳞次栉比的街头，前往全鸡排店。敏植点了两份全鸡排，又加了一份红薯和筋面。看到敏植熟练地点筋面，感觉他看上去像个大人。这让我多少有些惊讶。落地窗外，几个女孩子在玩跳舞毯和跳舞机。敏植一边用铲子翻炒鸡排，一边和我闲聊。姜熙镇每个月能赚好几亿。宋志英千辛万苦来到鹭梁津，结果一个月就得了喉癌，只好放弃。就是这类琐碎的话题。敏植唠唠叨叨说了很长时间，然后给我倒了可乐，说道：

"刚才你递给我听课证的时候，你的样子……"

"嗯？"

敏植捂着嘴巴，吃吃地笑了。

"就像天使。"

就在这时，我听到一张纸条在远处，在 K-59，在我的书桌上呼啦啦移动的声音。我担心自己会因为今天浪费的时间而对昨天去世的人感到内疚。很快我就换了想法，反正那个人已经死了，我还不如对活着的敏植好些。

敏植像个弱智似的到处宣扬他喜欢我。真搞不懂，这种脑子的人怎么会比我学习好。更让我难以理解的是，我头上只插了个细发夹，戴眼镜，每天穿同样的衣服，竟然也会有人喜欢我。我深感惭愧，同时也感谢他。不过对我来说，除了喜欢敏植，还有太多太多的事要做。我会想起身在乡下的父母。现在对我来说，重要的不是这个。我赤裸裸地忽视敏植的存在。敏植却更加兴奋，经常在我面前唠唠叨叨，显出很亲密的样子。

敏植在一心学院学习。那里通过考试选拔学生。起先我也是很想去一心学院，只是那边需要预交三个月学费，我就放弃了。必胜学院也有很多好老师，只是不知为什么，一心学院的学生看上去就是与众不同。那边的很多学生已经考上了不错的大学，只是为了考上更好的大学才回来复读。他们的脸上带着某种冷静的野心和干巴巴的成熟感。敏植身在一心学院，却把就读一心学院看得"理所当然"。这让我无比羡慕。敏植住在学舍里。学舍是复读生住宿设施中最好的地方。每周提供一次肉菜，早晨还有点心。每月住宿费是80万元。住宿设施中排名第二的是每月四五十万元的寄宿，接下来是考试院，再往后是读书室。读书室也根据房间人数不同而收取不同的价格。我羡慕住着学舍，却把住学舍这件事视为"理所当然"的敏植。

几天后，我撕掉了贴在课桌上的纸条。为了让自己更努力，我贴了另一条名人名言：

A rolling stone gathers no moss.（滚石不生苔。）

录用考试复读生姐姐欣喜地问：

"怎么了，学不下去？"

我心想，是你自己学不下去吧？姐姐常常对社会和制度做出武断的评价，经常坐在休息室里。每次去卫生间的时候，我都能看到她戴着宽发带，在游戏机前咯咯地笑。我跟她说一定会成功，心里想的却是这样学习肯定不行。

"你也不要等着毕业了到处投简历，趁早准备公务员考试吧。"

"为什么？"

"哎呀，怎么说还是公务员考试好啊。不看脸蛋，不看父母职业，只要十指健全就行。努力学习，做对题目就可以了。"

见我摇头，姐姐似乎有些不解，反问道：

"喂，我有个朋友是Y大毕业的，我考上地方私立大学的时候她还笑话我呢。她学分高，托业分数也高，嗯，你知道她现在做什么吗？"

姐姐用力说道：

"她在混日子。"

我默默地笑了笑。这样的故事五年前就听过了。我觉得五年后，也就是我大学毕业的时候应该会有所改变。姐姐有点儿过于安逸，令人着急。我在纸条上写了几个字，递给姐姐：

——那个姐姐是怎么回事？

准备录用考试的姐姐回过头来。准备五级公务员考试的姐姐趴在书桌上。

"是不是睡着了？"

我又把纸条递给姐姐：

——好像是在哭。

我们摇了摇头，恢复原来的姿势继续学习。读书室里到处都是台灯，散发着微弱的光。我写完学院布置的作业，写完日记，躺了下来。

嗡嗡嗡——电子音打破清晨的宁静。我们熟练地叠被子，梳头。从昨天就趴在桌子上的姐姐突然站起身来，慌里慌张地跑了出去。我连忙跟在姐姐身后。她到了总务室，疯了似的环顾四周，拿起花盆，用力砸向电线杆。玻璃稀里哗啦地碎了。总务倒在地上，丈二和尚摸不着头脑。整个读书室里充满了寂静。人们看了看四周，继续低头清扫——姐姐径直离开读书室，从那之后再也没有回来。后来听说，当时总务和姐姐在谈恋爱，还有人说姐姐怀了身孕。姐姐的练习册连续几天就摆在书桌上，上面是她芝麻粒似的小字。从那之后——读书室里每天早晨都会播放金秋子①的《你在远方》。歌曲缓慢而忧伤。在轻松的早晨，还不如听齐柏林飞艇呢。听多了，感觉还挺好听的。

在鹭梁津，路过的人总是多过了停留的人。哪怕停留很长时间，人们也只是把这里当作"短暂停留"的地方。我和复读的姐姐、敏植、总务哥哥都是这样。人们知道在这种"短暂停留"的地方，生活和关系应该是什么样子。在街头或地铁，我能认出和我类似的人。

夏天对复读生来说是最艰难的季节。三伏天，我连拿笔的力气都没有。食欲是本来就没有的，问题是专注力也下降了。我年轻，却很虚弱，写上日期，做着题，常常就睡着了。天越来越热，体力渐渐不支。周围不停地流传着高分者的神话。某某一天用完三支慕那美圆珠笔，

---

① 一九六〇年代韩国的著名摇滚女歌手。

某某去浴池都在沐浴篮上写英语单词之类。大部分都很荒唐——奇怪的是，当时却深信不疑。我去学院给老家打电话，因为传呼机的振动音而辗转反侧，听着《你在远方》醒来，偶尔心情不好的时候，就去附近的死六臣墓①散散心。

有一天，敏植给我发来传呼。敏植急匆匆地说完就挂断了。

"雅英，开始排队了！"

我跑向学院。我要领取姜熙镇的听课证。普通的听课证从当天早晨开始领取，著名讲师的课程早早就被抢光，所以从上课前一天就要开始排队。排队晚了，第二天早晨只能对着印有"满员、满员、满员"红色印章的课程表不知所措。当然，最好的方法是所有人都遵守时间，慢慢排队。只要有一个人提前排队，所有的人都跟着开始了。我赶到学院的时候，已经有很多同学列阵以待了。开始的时间比平时更早。我夹在拥挤的人群中，一只手拿着面包吃，另一只手拿着词汇表背单词。

---

① 位于首尔市铜雀区鹭梁津路，是首尔市"有形文化遗产8号"。李氏朝鲜第六代国王端宗即位时只有十二岁，首阳大君篡位后成为第七代国王，成三问等六位效忠端宗的大臣密谋反正，不幸被杀害，史称"死六臣"。死六臣公园依托死六臣墓而建，风光秀美，不远处就是汉江、63大厦等景点。

夜里，排队的人更多了。有的在准备席子，有的坐在地上睡觉。有人需要上厕所，就把书包交给同学看管。距离报名还有十个多小时。到了凌晨，人数更多了。队伍也不止一个，局面渐渐混乱，有的三四个人站成一排。队伍从学院后面的胡同排到鹭梁津站的天桥。大约聚集了上千人。我无法继续看书，只能屏住呼吸夹在人群中。

早晨八点，人群开始出现骚动，应该是学院开门了。远远看去，门显得很小。人们从四面八方聚拢而来。前后人群的压力使我喘不过气。我有种奇幻的感觉，仿佛自己的身体飘浮在半空。不仅我，好像所有人都飘浮在地面之上。某个瞬间，所有的人都不动了。我听到哭声和尖叫声。我前面的女孩子啜泣着说：

"不要推，不要推，拜托！"

男生也咬牙切齿地说：

"不要推，不要推了，混蛋！"

后面的几个人窃窃私语：

"喂，我们要不要再推几下？"

一个女孩子倒在路边，虚脱似的脸色苍白。有人踩到了女孩的书包。只听嘭的一声，女孩的书包湿了，变成了白色。好像是里面的牛奶包装破了。牛奶溅到女孩周围，像洁白的血。有人大声喊道：

"为什么不行？我等了一夜，为什么不行？我从外地赶来，替孩子排队，交两倍的钱总行了吧？"

我总是被挤到一旁。我数学比较弱，这节课必须要听。这个课和上个月的课程衔接，所以真的必须要听。这里有上千人，每个人都有不能不听课的理由。有人用力推我。我的脑子里嗡的一下，紧接着有种想吐的感觉。再这样下去，我恐怕要当场晕倒了。突然，一只大手从半空中朝我伸了过来。

"雅英！抓住我的手。"

我抓住了那只手。那只手用尽全力把我拉起来。抓住那只手的瞬间，我莫名地感觉自己活过来了。

我终于报上了想要的单科班课程。当我出门的时候——外面依然是人山人海，都是还没进来的学生。尖叫声和争吵声此起彼伏。沉重的疲劳袭来，我竟然感到一丝安心——终于结束了，我喃喃自语。回读书室的路上，我环顾四周，却没看到敏植的身影。

敏植没有消息，必胜学院的课堂上没有他，也没有来过电话。我很想知道他的近况，但是没有和他联系。比起他来，我太复杂，太理性。我总是试图对感情做出判断和分析。我认为敏植的感情是短暂的，也许只是二十岁男生在鹭梁津短暂经历的某种疾病。我在日记本上密密麻麻地写了很多认真的话。想到自己这么认真，我感觉我很傻，一时气愤，就撕掉了书桌前的标语。滚石不生苔。石头怎么会有轮子？我贴上了更刺激的标语：

　　学习并非人生的全部，可是连并非人生全部的学习都学不好，还能做什么呢？

姐姐在旁边看到我的纸条，哈哈大笑。
"很奇怪吗？"
姐姐捂着肚子说：
"嗯，多傻呀！"
虽然不知道是怎么回事，但我就是觉得敏植讨厌。
——可恶的家伙！祝你再复读一年！
恢复平静之后，我用整洁干净的字体在日记背面写道：
——我可以做到！
敏植再次联系我是几个月之后的事了。

敏植依然活泼开朗。他在传呼语音留言箱里自言自语了很多废话，最后腼腆地说：

"我们明天去63大厦，好不好？"

来首尔几个月了，我第一次感觉心跳加速。

秋天的汝矣岛很美。我搽上仅有的化妆品——强生护肤霜，去了汝矣渡口。约会很无聊。我和敏植都不知道该做什么。我们还不知道63大厦收门票。敏植坚持要进去，我提议在汉江边坐会儿就好。63大厦看不看无所谓。我们并肩坐在汉江岸边。63大厦坚固地矗立在我们身后。背靠着大韩民国的高速发展，我们仿佛真的成了肩负祖国未来的儿童。轻快，非常轻快的风吹来。我望着傍晚的红色江水，对敏植说：

"以前你说你看到了和63大厦一模一样的建筑，闹了一场大乌龙，对吧？"

敏植难为情地说：

"当时你也在场吗？"

江水轻轻荡漾。敏植动了动手指，犹豫着要不要拉我的手。我已经看出来了，表面上还在装糊涂。我在想，此时此刻他能想到自己喜欢的女孩子累得脚后跟都裂了吗？敏植想了一会儿，终于找到了话题。

"你知道吗？我们模拟考试的时候写上大学编码盯着看，成绩也做了排名，不过排名靠前的同学竟然不交卷。"

"为什么？"

"为了让别人看到百分比之后放松警惕啊。趁人不注意，背后来一枪。"

"太坏了。"

尴尬的沉默。

"我想考韩医大学。雅英你呢，你想考什么大学？"

我挠着头发说：

"还不知道，私立大学太贵，国立大学分数又太高。"

我们沉默。我决定不去追问他这段时间为什么没有消息。敏植犹豫片刻，像下定决心似的说道：

"我们上大学后也要保持联系。"

不远处，有个女人靠在恋人肩上，像个"疯丫头"似的大笑。我没有回答。敏植低头看着地面，说道：

"我的复读生活，唯一剩下的就是你。"

敏植知道自己在说什么吗？我知道，我们上大学后就不会再联系了。因为在鹭梁津，一切都是过客。我不想给百年一遇的约会泼冷水。见我不回答，敏植说了句满是稚气的话。现在想来，我仍然忍不住想笑。

"给你买个娃娃好不好？"

高考近在眼前。新千年也在飞速奔向我们。世界沸腾着对千禧年的期待和兴奋。在学院里，我们重复着做题和整理。我想象着大学生活。我知道的歌曲太少了。等上了大学，如果有人让我唱歌，我该唱什么呢？然后我鼓励自己，2000 年入学要比 1999 年入学更好，不是吗？十二月有录用考试，复读生姐姐也在做最后的冲刺。姐姐因为压力过重而整月排不出大便，脸色都变黑了。高考前一周，姐姐递给我一张纸条。

——什么时候离开？

我用小字作为答复：

——高考前一天。

姐姐又递给我一张新的纸条。

——是不是希望时间再多点儿，哪怕一天也好？

我静静地笑了。

——不，我希望一切都快点儿结束。

姐姐写下答案：

——我也是。

姐姐拍了我一下，递给我最后一张纸条，然后转过身去。

——祝你顺利。

我小声，但是发自内心地回答：

——姐姐也是。

考试那天下了很大的雪。我打起精神，有条不紊地答题，然后回家——连续睡了好几天。我像胎儿似的蜷缩在没有声音也没有光线的地方，睡得很深，很久。

我被首尔某私立大学特招录取了。公布录取名单那天，我真的好开心。比起能上大学这个事实，更让我开心的是不用继续住在鹭梁津这样的地方了。我的传呼机已经放置几个月不用了，没过多久我就换成了手机。敏植和我都没有和对方联系。我觉得这是理所当然的事。

本科期间，我一直在补习班工作。我要支付私立大学的学费，不得不这样。那段日子，我和很多院长共度了漫长的青春岁月，有满怀偏见的院长，有为了节省餐费而陪着讲师们饿肚子的院长，也有聘用大部分没有经验的本科生做讲师，只给最低标准工资的院长。有一次，正在上课，我听到了这样的广播：

"姜雅英老师，请不要坐着讲课。"

院长喜欢通过摄像头监视老师讲课。我腿疼，刚坐了一会儿就被他看见了，还用麦克风冲我喊话。为了不和学校课程发生冲突，我只能挑选离家不算太远的地方，于是选择了第二糟糕的这家。为了避免迟到，我经常吃不上晚饭。闻到地铁站里弥漫的黄油玉米小面包的甜蜜香味时，我甚至会两腿发软。夏热冬冷的地铁。醒来之后又是孩子们的期中考试和期末考试。为了不错过发车间隔长的地铁，我只能拿着烤吐司片气喘吁吁地奔跑，有时芥末酱和番茄酱会滴落到鞋尖。望着无情远去的城市风景——我在想，我究竟得到了什么。

K-59，很久以前我的书桌好吗？1999年，我不是住在某个空间或某段时间里，而是住在一个号码里。不过对我来说，那也是一段让我扬眉吐气的日子。偶尔遇到困难时，我就会想，如果像当时那样，什么事情都可以做到。但是我知道，我现在不可能再像当时那样了。因为我比那时候——懂得多了。

我不知道是继续填报志愿，还是应该准备公务员考试。时间不停地流逝，我要回答的问题是我在流逝的时间里做了什么。至少在当时，我只能继续留在学院里。我拥有的竞争力只是"十根手指"。这是过于普通的条件。

2005年秋天，我夹在人群的缝隙中看到了首尔的灯光。我思考鹭梁津这个名字。桥梁的梁和津渡的津同时出现的地方，1999年我曾以为是"短暂经过"的地方，所有人短暂经过的地方。如果这里真的只是"短暂经过"的地方,那该多好啊。七年之后的2005年,我还在从这里"经过"。短暂停车后,人潮汹涌而来。一个女人踩了我的脚,大声喊着"不要推了!"遥远的宇宙,一颗尚未命名的恒星正在闪闪发光。隐约之间,不知从哪里传来一个声音。雅英,抓住我的手。我回过神来,看地铁到了哪里。快到家了。寒冷而深沉的秋夜,地铁一如既往,默默地——朝着首尔北部飞驰。

刀　痕

妈妈的刀尖上流露出一辈子喂养别人的漫不经心。对我来说，妈妈不是哭泣的女人，不是化妆的女人，也不是顺从的女人，而是握刀的女人。妈妈是健康而又美丽的村妇，即使穿正装也会狼吞虎咽地吃鱼饼，而且全然不知道自己在咯吱咯吱地咀嚼。妈妈的刀用了二十五年多。跟我的年龄差不多了。就在切、割、剁的过程中，刀变得薄如纸片。在咀嚼、吞咽、咯吱咯吱的过程中，我的肠子、我的肝，我的心脏和肾脏都在茁壮成长。我吞下妈妈的食物，也吞下留在食材上的刀痕。我黑暗的身体里刻着无数的刀痕。它们沿着血管碰触我。在我看来，妈妈生病就是这个缘故。所有的器官都知道。我从物理角度理解了"心痛"的感觉。

妈妈经常磨刀。劈开蟹黄满满的梭子蟹或砍掉狗后腿的时候，每

刀痕

周要拿磨刀石两三次，或者更多。水泥地，一块瓷砖也没有，散发着腥味。妈妈蹲在厨房里磨刀，像所有的母兽那样庞大而圆滚。腰部的赘肉卷起了衬衫，内裤以上肆意地露出白色的臀沟，我从妈妈的背影中看到了即将消失的部族的影子。也许是因为妈妈说的话——因为在韩国这个小国家里，妈妈用的是更小国家的语言。正如孟加拉虎需要孟加拉虎的语言，西伯利亚虎需要西伯利亚虎的语言，长大后我突然留意起妈妈的话。宛如美丽的旅游胜地，我预感到它即将消失。一般来说，母兽都要先于幼崽而死，而母兽的语言却会比幼崽存留更久。妈妈磨刀的时候，我莫名其妙地产生了这样的想法。

我要不停地吃东西，妈妈要不停地做饭。即使没什么特别要做的事，妈妈也会在厨房里腌这泡那，储存食物。我只想像个幼崽那样懒惰而放肆。明明知道妈妈很忙，我还是躺在地板上看电视，要么就是靠在门槛上发牢骚。太阳落山，晚饭的味道慢慢地散发出来。切菜的声音像脉搏，充满了整个房间。这就像凌晨隐隐的洗米声那样理所当然，宁静又温馨。我也握过妈妈的刀。我手里握着危险的东西。这让我确信自己在控制刀。木质刀柄缠绕着黄色的胶带。漫长的岁月里，刀柄换过几次，刀刃依然如故。刀刃因为磨得太多而失去光芒，却像不断磨损最终内部变得坚硬的光。我从没想过要从妈妈的刀上看到爱或牺牲。我只是在那儿看到了"母兽"。那时的我不是孩子,而是幼崽。

妈妈卖了二十多年的面条。店铺名叫"美味堂"。妈妈从别人手里接过倒闭的西点店,直接用了原来的招牌。刀削面馆是乡下女人能够轻易开始的生意,需要的资本也很少。刀削面的做法很简单。锅里放入蛤蜊、海带、葱、蒜、盐,中间加入面条,稍微焖一会儿就行了。不过越是简单的食物,越会因为手艺不同而各有千秋。年幼的我也深知这个道理。妈妈的刀削面很出色。夏天的豆浆冷面也同样美味。炎炎夏日,妈妈在炉火边煮面条的时候,常常舀起一勺漂浮着冰块的豆浆,咕嘟咕嘟地喝下去。嘴唇周围的细毛沾着白色的豆浆。我呆呆地看着妈妈,她就会在豆浆里加入白糖给我喝。曾几何时,美味堂生意兴隆。难得来趟市场的农民,农协、水协和新村银行的员工,中学老师和出来散心的酒吧小姐,纷纷来我们家吃面条。外地人也不少。妈妈说,只要看他们吃饭的样子就知道他们的"关系"。我把食物端到大厅,眯着眼睛猜测,他们,是不是出轨?妈妈责怪我几句,然后回应说其实真的是出轨。妈妈对自己做的食物很有信心。面条固然重要,不过关键在泡菜。每隔三天,妈妈就会做一次泡菜。妈妈上身探进大桶,搅拌调料,那是店铺门前的风景。妈妈仿佛是在苦苦挣扎,试图不让自己落入大桶连接的地下世界。我记得妈妈捞出一颗腌好的白菜要切的时候，屏住呼吸的白菜梗之间流出鲜血般的泡菜汤和小小的气泡。妈妈煮面条，我站在旁边像小燕子似的张开嘴巴。妈妈捞出一两根刚刚煮熟的面条，徒手抓起泡菜，随便塞进我的嘴里。泡菜发出辣乎乎的汽水味。那是和泡菜一起进入我黑暗嘴巴的妈妈手指的味道吧？肌肤的味道，温热，清淡。菜刀切开白菜时脆生生的质感和清爽的声音，我真的好喜欢，还有暗淡的厨房里，从排气扇缝隙透进来的光的骨骼，以及站在光线附近的妈妈的侧影。

厨房里大约有五把刀。妈妈用其中一把切面条。其他的刀用来切水果或者剥蛤蜊，泡菜季借给其他帮工使用。妈妈闭着眼也能切面条。右手握刀，左手两根手指跟随刀的节奏摇摇晃晃地后退。妈妈切面条的动作没有丝毫的犹豫和恐惧。这里融合了长期练习某种技术后的自信和养家糊口的安心，以及重复简单动作引发的疲劳。妈妈经常用铁勺刮掉粘在刀刃上的面团。我穿着爸爸的肥大运动裤，在旁边帮忙干些杂活儿。青春期时，我端着餐盘送外卖，路上遇到喜欢的男生，激动得两腿发抖。急性子的妈妈常常唠叨。大葱分叉的地方要切得仔细；让你拖地，你把客厅里弄得到处都是水；擦桌子的时候就不知道顺便擦擦筷子盒；你放下，我来，你不会。其实只要教我一下，我就能学会，又不是什么难事。妈妈每次这样说都会透出隐隐的得意。你放下，我来，你不会。我一边帮忙,一边唠叨。我喜欢看妈妈的反应,所以偶尔也会故意调皮。妈妈说生意难做,我会抢白,那当然,你以为养孩子那么容易?妈妈微微一笑,然后迅速摆出拿刀对准我的架势。我划开你肚皮,这种话也毫不顾忌。就像爸爸会弹孩子的额头,这是妈妈以逗趣来责怪我的方式。我被毫无预兆地飞来的刀刃吓得魂飞魄散。惊吓过后,随之而来的是妈妈绝对不会伤害我的释然和强大的信赖。妈妈是以吓唬和戏弄幼崽为乐的女人。我六岁那年,妈妈在房间里浑身颤抖着装死。我在妈妈的假尸体旁放声痛哭了一夜。还有一次,妈妈在我的上衣里放了豆子,骗我说是土鳖!看到我在地上滚来滚去,妈妈哈哈大笑了很长时间。我经常大声哭,然后平静地睡去。

尽管妈妈经常冲我挥刀,然而真正受伤最多的人却是妈妈自己。忙碌的时候,独自发慌而不小心划伤了手。一旦受伤,伤口就很难愈合。因为妈妈的手上总是沾水,调料大多都是直接用手撒到锅里。烹饪、服务、结账、清扫、洗碗,妈妈一个人完成。即便这样,妈妈依然乐此不疲地攒钱。有一天,妈妈在切面条的时候划伤了三根手指。她一边痛苦地止血,一边继续切面条,招待客人。血不停地流。拇指的指甲都脱落了。不一会儿,端到大厅里的面条出问题了。白色塑料碗的侧面沾了血迹。幸好坐在餐桌前的是善良的乡下老奶奶。妈妈连连点头,说重做一份面条。奶奶用树皮似的手擦了擦碗的侧面,泰然自若地说,哎哟,这里沾了血。奶奶用她皱巴巴的嘴呼噜呼噜地吸着面条。
"伤得不重吧?"
妈妈说,那是她做生意以来对客人最为感激的时刻。

妈妈固守的原则就是上餐顺序。别的店铺也差不多吧,不管同时进来多少客人,妈妈都能判断出谁进来得更早。客人们都讨厌顺序被颠倒。很久以前,有个女人把刚刚端上来的面条直接拿到街上倒掉了。对妈妈来说,这件事似乎成了伤疤。做餐饮会遇到种种事情,妈妈记住的却是这样的琐事。妈妈印象最深的客人也没什么特征。有一天,一个男人进来点了两碗面条。客人想要包间,妈妈就在里间给他安排了一桌。面条、辣椒油、一碟泡菜。男人要了个空碗。妈妈觉得奇怪,于是留心观察男人的举动。男人把空碗倒扣在对面的面条碗上。好像是担心面条变凉吧。不一会儿,一个女人来了。女人微微一笑,挪开上面的碗,拿起筷子。两个人面对面,安静而亲密地吃起了面条。妈妈怔怔地望着他们。也许是因为那种日常的关心?那一刻,妈妈用未曾得到过细致温暖的"女人的眼睛"面对客人。厨艺好,做事勤快,经常说脏话的妈妈产生了奇妙的感情。人生在世,会有重要的寂静流过头顶的时候,对妈妈来说就是此时此刻。

二十五年前，妈妈遇到了那把刀。那是爸爸工作所在的仁川某传统市场。妈妈挺着大肚子去市场，不料在蔬菜店拐角处遇到了流动的卖刀贩子。男人面前放着苹果箱，箱子上面扣着军人戴的钢盔，看起来像个葫芦瓢。男人举刀重重地砍向钢盔。当！当！当！男人大声叫卖，这样也不会卷刃！女人们窃窃私语。妈妈以少妇的眼神注视着刀贩子，带着警惕和好奇。男人高高地举起刀说，这不是普通的"钢"，而是"特殊钢"。铁刀太重，还容易生锈，不锈钢刀又太钝，这把刀正合适。刀柄圆而重，松木做成。妈妈花1500元买了这把刀。感觉上当了，好像又没有，不过这是新生活必需品。刀象征着某种威严，妈妈喜欢它的坚固感。那天，妈妈怀揣着黄板纸层层包裹的刀，走进山村。她心潮澎湃，宛如怀抱情书奔跑的少女。从那之后，妈妈手里握的不是戒指的闪亮，而是菜刀的光芒。

关于这把刀，我记得两件事。一件发生在我八岁那年，放学回家之后。妈妈做生意，忙得不可开交。我闷闷不乐。客人占满大厅和房间的时候，我就到外面消磨时间。可是那天我不想这样。我在妈妈身边转来转去。妈妈好像看不到我。我小声说，妈妈我饿了。妈妈好像没听到我的声音。面馆家的女儿饿肚子，这像话吗？我很委屈。我想让妈妈愧疚,于是大喊,妈妈喜欢客人胜过自己的孩子吗?说完就跑了出去。我想找个地方死掉算了。妈妈没有出来追我。我低着头走路,突然一只狗窜出来,拦在面前。那只狗大得像牛,黑乎乎,凶巴巴,仿佛来自地狱。狗露出发黄的牙齿,汪地叫了一声。听到这清脆的狗吠声,我全身都僵住了。"啊!"我大声尖叫。我的声音非常尖锐,连我自己都不知道这声音来自我身体的哪个部位。这时,妈妈风一般出现了。她扎着围裙,手里拿着菜刀。我不知道她是正在切着面条,还是出来故意带上了菜刀。妈妈凶狠地赶走了狗。我哇地大哭起来。妈妈又回到店里。这算不上什么大事,然而妈妈手举菜刀挡在黑狗前面的身影,却让我在后来很长时间里都难以忘记。

  还有一件事,发生在最近。我考上了位于首尔的大学,租了房子准备生活用品。我和妈妈乘出租车去附近的大型超市。从大米和方便面到卫生纸、洗衣粉、卫生巾,独立生活需要的用品都要购买。为了来首尔,妈妈特意做了精心打扮,然而面对堆积如山的商品和迷宫般的过道,还是显得有些畏缩。作为家长,妈妈想要张罗些什么,或者唠叨几句,可是在这里,她似乎无事可做。反而是我迅速地挑选物品。妈妈默默地跟在我后面,推着购物车。没有补妆,妈妈的鼻梁亮晶晶的。整齐竖起的碎发也落下来,显出几分懒散。我们去食品柜台吃鱼饼。望着张大嘴巴吃鱼饼的妈妈，我想，啊，原来妈妈是这样吃东西，经常这样吃……妈妈满脸单纯地环顾四周。我们继续推着购物车徘徊。妈妈像新手司机似的被其他购物车牵绊、阻挡，慌里慌张。不一会儿，我们走到了厨房用品区。我正为不知选择什么样的菜刀而苦恼，妈妈递过一把德国产菜刀说，用这个吧。我握着刀，摇了摇头。妈妈心平气和地说：

"我会看刀。"

妈妈年轻的时候很抢手。大眼睛，额头也好看，很多小伙子追求。妈妈爱打扮，挖贝壳赚了钱，就买人造革靴子，买大衣，还用歪歪扭扭的字体和笔友通信。外婆让她做饭，妈妈像失去了幼崽似的盯着东边发呆。求爱的方式多种多样。有带着满满一钢盔草莓的军人，也有每天都来要水喝的男人。活泼傲慢的妈妈有个弱点，那就是受不了乖顺内向的男人。妈妈拒绝各种求爱攻势而选择了爸爸，当然有原因。爸爸为了见妈妈，步行几十里路来到妈妈住的地方。爸爸没有勇气，常常在两边的口袋里装上酒，边喝边走。爸爸甚至都没跟妈妈说句"我喜欢你"，就走几十里的路回去了。徒步三个多小时。爸爸就是这样的人。他自己制造出状况，然后让妈妈做决定。总之，善于用刀的妈妈仍然有切不断的东西，那就是夫妻缘分。

新婚之初，两人搬到了仁川。妈妈习惯了在乡下用袋子装米，刚刚一瓢一瓢买米的时候，难免感到焦虑和悲伤。爸爸的工资太少了，每次只能买一两公斤装的大米。从市场买回刀的傍晚，妈妈向爸爸倾诉了自己的郁闷。肚子都吃不饱，娘家也没人帮忙，前途无望之类。爸爸仿佛是在安慰妈妈，又好像真的觉得这并非人生中的重要问题。

"人生本来就要从最底层开始。"

年长自己四岁，小学文化的丈夫说出这句话。这在同为小学毕业的妈妈听来是那么酷，那么让人踏实。妈妈暗自思忖：

"这家伙，还挺会说话。"

三十多年后的今天，每当妈妈感叹身世的时候，爸爸都会吐着烟圈，像电影演员似的说：

"人生本来就要从最底层开始。"

面馆由全税改为月税的时候，借了钱的前辈失踪的时候，我的大学学费筹不够的时候，爸爸也常常这样说：

"人生本来就要从最底层……"

没等爸爸说完，妈妈就朝他扔过卷纸，大声喝道：

"见鬼的最底层！"

我只见过一次爸爸拿刀的样子。那是他深更半夜企图自杀。他偷偷借的20万高利贷在几个月里变成了500万，许多恶狠狠的人们闯进家里。我们知道这些钱都被爸爸花天酒地用掉了。爸爸和妈妈吵了一夜。像是解释，劝说，又像是大吵大嚷。突然，爸爸冲到厨房，拿起放在菜板上的刀，气喘吁吁地说，我要杀死所有人，然后说自己也要"去死"。爸爸眼里闪烁着怪异的光芒。他穿着宽松的象牙白内衣。妈妈知道爸爸不会死，却还是认真劝说。爸爸手里握着刀，谈论了两个多小时的人生和哲学，然后昏昏睡去。他打着呼噜酣睡的样子，看上去那么安逸，那么乐观。

　　妈妈在我六岁时借钱开了面馆。爸爸觉得这样有损自己一家之主的体面，所以反对妈妈开面馆。后来看到家里情况有所好转，他也很开心。他试图把所有的事情都推给妈妈。从那时起，妈妈正式启用她在松岘洞传统市场买的"特殊钢"刀。正如刀贩子说的那样，那是一把好刀。咯噔咯噔，刀在面板上走来走去。妈妈的手很快，刀走出轻快的节拍。妈妈和刀同样年轻，同样强壮，有很多相似之处。妈妈拿着刀做饭的样子透出几分辛辣。我常常思考，这种辛辣究竟来自何处。每当我要往深处思考的时候，妈妈就会往我嘴里塞食物，让我很快忘记。妈妈工作起来像头牛，一头敏捷而活泼的牛。有适度的虚荣心，她说做生意的人要干净整洁，所以从不吝啬买化妆品的钱。妈妈喜欢听客人说，老板娘，您真是个美女啊。每当这时，妈妈都会连连摆手，然后回厨房照镜子。妈妈是个很现实的女人。任何事都有条理,有计划,要合理地进行。什么时候还清债务，什么时候买房子，怎样拿出钱来储蓄，妈妈都有自己的计划。妈妈爱笑，也很热情。如果开门迎来的第一批客人只有一个人，她会露骨地皱起眉头；带着三个孩子的夫妻只点两份面条时，她也会在厨房里唠唠叨叨。相反，爸爸是活在瞬间的人。他赚的钱主要是给自己花，乐观得惊人。爸爸在当地很有威望。他是本地人，别人家的红白喜事也都会到场。不过，这种认可的背后藏着秘密，那就是爸爸不会拒绝。他话不多，心地善良，说得最多的就是"好的"。眼神卑鄙犹如切章鱼的鱼片刀的前辈跟爸爸借巨款的时候，因为不守信用而远近闻名的叔叔请爸爸做担保的时候，他都是默默地听着，最后开口回答：

"好的。"

我说要考私立大学，爸爸也爽快地同意了。妈妈反对，却会帮我交学费。爸爸只是赞成，却什么都不管。总而言之，不能说爸爸是个坏人，只能说他有点儿尴尬。

爸爸刚结婚就让妈妈失望。妈妈好不容易才买上金戒指,爸爸却在和朋友喝酒的时候做了抵押。当时,他们结婚还不到一天。找来找去,最后戒指丢了。爸爸连给妈妈买个铜戒指的能力都没有。几年后,爸爸和某个打工女子戴着情侣戒指出双入对。那女人是个搓澡工,年纪不小,身材很好。从邻居女人那儿听说这件事的时候,妈妈正用瓢接完热水,搓洗粘在胳膊上的面粉。邻居女人说,你们家的男人,每当搓澡女人下班的时候,都拿着冰镇的香蕉牛奶站在门口。妈妈手里夹着蓝色毛巾,听女人说话。茫然的面孔下面,热气腾腾的瓢里漂浮着膨胀的污垢。我并不怪父亲,只是希望妈妈也像爸爸一样有个情人。妈妈干活后睡着了,一双手抚摸她的脊背和长了皱纹的脸。人需要这些是理所当然。我拥有这样的道德观,很大程度上是因为我们村的气氛。很奇怪,我们村的大人全都有情人。中年大叔们毫不隐瞒自己的情人,仿佛没有情人会被人看不起。阿姨们也不例外。阿姨们出轨要伶俐得多。不过,我见到的乡村不伦爱情并不像电视剧里那么严重和致命。很自然,有时是明朗的,隐秘的同时又有些混乱。那股刮过乡村的风就像很久以来左右世界的某种"运动"。有人称之为失误,有人说那是爱情,也有人说是出轨。我不知道准确的名字,只知道当时的村庄周围,我无从了解的情欲能量犹如使青鱼群变肥的鄂霍次克海流,意味深长地流淌。我之所以关注爸爸的出轨并不是担心他会抛弃我们，也不是出于道德尺度。我难过，因为我预感到爸爸迟早会伤害妈妈。不提丈夫或爸爸，单纯作为人的道义会不会被粉碎呢？也就是说，爸爸不能在妈妈面前戴情侣戒指。妈妈像是努力捍卫自尊心，她说，约会，不是要花钱的吗？需要花钱的地方多着呢，每天交回家里的钱不要少了。爸爸不置可否。爸爸的优点是在陷入困境的瞬间默默不语。他把在建筑工地赚的钱放到文件柜上，几天后就不放了。如果妈妈说什么，他就重新交钱，很快又停下来。妈妈去了那个女人工作的浴池，在浴池里探出头，观察女人的举动、乳房、屁股和大腿。几天后，妈妈在切泡菜的时候突然哈哈大笑。

"哎呀，那个女人，简直就是个老太婆，老太婆。"

说完，妈妈闷闷不乐。出轨就出轨，为什么要找那么个女人……这些日子里，妈妈和面，腌泡菜，剥蛤蜊，挑出腐烂的豆子。出于补偿心理，妈妈经常去赌场。赌场设在美容院或酒吧，周围都是些为了充当大姐大而隐瞒年龄的女人。当然，她们会提前藏好鞋子。后来，一个阿姨的情人向派出所举报了她们。阿姨每天打牌，不跟他约会，一气之下他就报警了。听到警察敲门的声音，"牌友们"慌忙四散。妈妈双手握着现金，在田埂小路上跑着跑着摔倒了，一身泥巴回到家里。爸爸的女人板着脸孔、吸吮香蕉牛奶的时候，妈妈的赌注持续增加，已经升到500元。即便是这样，妈妈从来也没有疏忽过做饭。我有点儿不理解。做生意也就算了，为什么还要给出轨的丈夫烤鱼，拌茄子，煎鲫鱼，还都是爸爸喜欢的食物。也许这是妈妈稀里糊涂中找到的某种坦荡，或许是因为我，要么就是总得吃东西才行。有一天，我突然想起自己从来没有真正饿过肚子。抛开穷富不谈，一个人几十年的饥饿，几十年的食欲，全部由另一个人负责，这个事实奇怪而又惊人。漫长的岁月里，妈妈腌这泡那，储存食物，大笑，偶尔也会在搓洗胳膊上的泥垢时独自哭泣，还故作泰然地说，都说女人磨刀就会命硬，不过到现在还没克死老公和子女，看来应该没事了。我过生日的时候，妈妈撕下牛胸肉，给我煮海带汤。过年就蒸年糕，郊游就给我做紫菜包饭，冬天做腌萝卜泡菜。我的心脏、肝脏、肠子和肾脏在茁壮成长。留在食物上的刀痕也在我体内凌乱地游转，碰触着我。我不懂这些，反而长得更旺盛。一年过去了，妈妈做年糕。又一个季节过去了，妈妈煮绿豆，做绿色的豆腐。我吃着热乎乎的食物长大，食物总是带着新鲜的铁味。有一次，我问妈妈：

"妈妈，什么样的刀是好刀？"

大学毕业的女儿连这么简单的事都不懂，妈妈似乎很惊讶。她回答说：

"哎呀，切得好的刀是好刀呗，还能是什么样的？"

妈妈经常出入厨房旁边的库房。我讨厌库房的味道，可是我吃的东西都在那里面。落灰的玻璃瓶里的酱蒜，藠头耷脑的葱泡菜，怀着复仇之心潜伏的酱螃蟹，还有梦幻般在缸里荡漾、渐渐成熟的水泡菜。每次见到它们，我就感觉自己变成了古代人。蒙了灰尘的排风机慢吞吞地转动。妈妈蹲在地上磨刀。望着磨刀石前翘着屁股的妈妈，我喃喃自语。妈妈是个好妈妈，妈妈是个好女人，妈妈是一把好刀，妈妈是好的语言。

*

听到妈妈去世的消息，刚开始我什么都没想，仿佛妈妈从来就不存在。比起妈妈去世的事实，我曾经有过妈妈的事实更让我感到陌生和害怕。我给老公打电话。老公说他马上请假回来。赶到老家的医院大概需要三小时。妈妈死于脑中风。早在几年前，妈妈就说手指关节疼，和面时很难受。我觉得这应该是妈妈的身体根据自己设定的尺度发送的信号。这个尺度妈妈可能是有的。"至少到什么时候"之类的身体时钟。比如到我毕业的时候或者我出嫁的时候，这是经济上的时间节点。妈妈比自己设定的时间凋落得更早。最先生锈的是手，然后是膝盖。妈妈坚持吃含钙的保健食品。最近她对身体格外爱惜，还开始做运动。但是，妈妈没有吃过控制血压的药物。适合的药物找不到，而且药店每次只给一周的量，妈妈觉得麻烦。我们也没太在意妈妈的血压。家人担心的是妈妈的退行性关节炎。轻易不大惊小怪的妈妈一说"疼"，我就不知所措，只能无奈地说些乐观的话。感慨命运的时候，妈妈会发出从来没学过的盘索里①的调子。一个单词拖得很长，或者像强调、倾诉似的说出来。"美味堂"的生意也不比从前了。石油化学工业区的劳动力潮水般退去，公交站附近新开了连锁海鲜面馆。妈妈说，店里没有客人很丢脸。她首先想到的不是钱，而是面子。最近，镇上大部分餐厅都不景气。外汇危机的余波到达镇上的时间相对晚些，好像是现在才来。因为那个现在就是"现在"，我觉得很抱歉。我说很快会好的，妈妈似乎感觉到了安慰。如果我同情或责怪妈妈，或者发牢骚，妈妈就会大发雷霆，然后挂断电话。

"我是你的孩子吗？"

妈妈在厨房里煮面条的时候晕倒了。没有及时熄火，面条汤溢了出来，燃气灶的火被浇灭，客人从大厅里跑过来，发现地上滚落着一根手指。妈妈临死前应该是在品尝食物的咸淡。

葬礼来了不少人。家里的长辈感到忧愁，却掩饰不住对这种热闹

---

① 一种说唱音乐形式，流传于朝鲜半岛和中国朝鲜族聚居地区。

场面的自豪。身穿素服的女人们勤快地端送食物。大伯母不停地对葬礼负责人指示和确认什么。天黑了，前来吊唁的客人太多，食物不够了。一桌摆好、撤掉，再摆好、再撤掉，如此反复。我望着人们一齐张开嘴巴吃东西和吞咽的场面。牛肉汤、米饭、年糕、鱿鱼干、花生、明太鱼饼、肉片、水果、啤酒、烧酒、汽水、沙拉、泡菜、蔬菜……突然，我想起自己在外面租房子的时候，每次遇到困难我都会给妈妈打电话。

"妈妈，大酱汤怎么做？"

妈妈认真地回答：

"嗯，加入大酱煮就行了。"

"……"

我用"您告诉我这么重要的信息，真是太感谢了"的腔调，放肆地回答：

"泡菜汤放泡菜煮，海带汤放入海带煮？"

妈妈哈哈大笑，这才告诉我详细的做法。我问了又问，像个弱智。妈妈喜欢我问她问题。我在捣蒜、切豆腐或泡菜的时候，偶尔会想起妈妈。因为我手里拿着妈妈从超市买回来的刀。没过多久，我就意识到一把好刀或一口平底锅能给女人带来多少快乐。葬礼有些混乱。尽管有大伯母指挥，端送食物的女人们还是像没头苍蝇似的横冲直撞。急性子的妈妈看见了，肯定会挽着袖子跳出棺材，帮忙招待客人。她会迅速观察客人们的情况，确定顺序，让所有人都感觉公平、满意、流畅，同时偷偷地清点吊唁金。

我怀了身孕，却什么都不想吃。老公不停地劝我吃东西。我说我讨厌牛肉汤的味道。这种味道充满了葬礼现场，像噩梦飘浮不散。恶心，头晕。老公让我吃些水果或年糕。我说我一点儿也不饿。老公说，你一整天都没吃东西，这怎么能行，就算为孩子着想，也得吃一口。我说没关系。老公又是拜托，又是恳求，终于把我惹恼了。长辈们都帮着老公说话，还有人让我回娘家休息。我怀孕才三个月，为什么这样大惊小怪。老公用牛肉汤泡了米饭，放到我面前。我不得不舀起一勺送到嘴边，却忍不住吐了。我漱了漱口，从卫生间出来，看见站在走廊的爸爸。爸爸正和大伯商议葬礼的事。他们打算把妈妈埋在家附近的祖坟。祖坟本来离得很远，家族长辈们凑钱挪到了风水宝地。长辈们每次去祖坟的时候，感觉到的似乎不是悲伤，而是安心。他们会想到，那里也有我的位置。大伯对爸爸说，旁边的位置是留给你的。爸爸终于失声痛哭起来，像个一辈子都没唱过一首热门歌曲的歌手。

"好的。"爸爸说。

爸爸戴着方笠，看起来比平时高挑。修长的爸爸用修长的手捂着脸。我注视着妈妈的遗像。妈妈神秘莫测地笑着，像很久以前在我面前假装浑身颤抖而死的时候。那笑容清爽美丽，却透出几分怪异和离奇。

第二天，吊唁客人更多了。联谊会的会员和邻居、妈妈的牌友和假装互不相识的情夫，还有新村银行、农协和水协的职员。表弟结婚时也是这样。看到跟我长相差不多的人们来来往往，我感到莫名地尴尬。这是面对家族的相貌或基因时的羞涩。这个叔叔、那个表姐、这个堂妹出现在每个地方。他们的面孔就是我的面孔。我在卫生间里遇到我的额头，在鞋架前遇到我的鼻梁，在停车场遇到我的双眼皮。他们歉然从我身边走过，心里肯定在想，我们应该是亲戚。爸爸很憔悴。我也因为没合眼而满脸浮肿。妈妈的朋友们趴在地板上，全身心地吐露她们的悲痛，然后擦干眼泪，迅速在角落铺上毯子，坐下打牌。我想象着妈妈的魂魄倒背着手，急乎乎地指手画脚的情景。今天老公还是劝我吃饭。哪怕只是喝水，我的胃都会难受。老公心急如焚。我的脑子很清醒，也不疲劳。亲戚中的女人们不让我和她们一起干活儿。我想帮忙做什么，她们就会笑着夺过去。我有些暗自生气。晚上，爸爸把我叫到停车场，让我回家睡会儿觉。我说再过几个小时就出殡了，我就留在这里吧。爸爸让我回去拿些东西。我说这种事应该交给金先生。爸爸抽着烟说，金先生不了解我们家的情况。他想让我回去取内衣和袜子。我想说这种东西在这里买不行吗？不过还是说可以。

"美味堂"的门紧锁着。我用爸爸给的钥匙打开店门，一扇简陋的铁质推拉门。我在黑暗中摸索，寻找电源开关。我按了按钮，大厅里的空椅子瞬间露出外形。里面散发出腥臭的地下水味道。我去厨房按下另一个按钮，天花板上的白炽灯立刻亮了。我关掉别的灯，只留下这一盏。家里很冷清。房间太冷，萦绕着阴森森的气息。我打开燃油锅炉。考虑到爸爸回来会冷，我应该在离开之前让地板暖起来。我站在黑暗中，四下里打量着房间。放在电视机上的老南瓜、农协发的日历、石头老人和蜡烛灯等零零碎碎的装饰品都一如从前。我在地板上铺了垫子，呆呆地坐在上面回想妈妈。起先我盘着腿，后来双腿伸开，最后索性躺下了。身体碰到被子，困意随之而来。这是我回乡下后第一次感到疲劳。躺会儿再走吧，这样想着，我闭上了眼睛。眼前掠过我和妈妈在这个房间里共同度过的情景。地板渐渐地热了。

从我外表看着像成人之后，妈妈去哪里都想带上我。妈妈特别喜欢浴池。妈妈想要向别人炫耀我赤裸的肉体，不是年幼的子女，而是长大成人的子女丰盛的肉体。妈妈从来没有说过，可是我从妈妈的表情中发现了她的心思。你们看，这是我的幼崽，长了毛，也有乳房，屁股也很大！面对着和我一样长毛而且大屁股的阿姨们，我蜷缩着身体。我们从浴池出来，回到"美味堂"，然后调高卧室的温度，午睡。妈妈和我枕一个枕头。妈妈的身体散发着香甜而疲惫的味道，像季节尽头，在店铺里静静腐烂的水果。世界静悄悄，身体软软的，黏黏的。每次午睡，总有人来串门。妈妈睡眼惺忪地起床，和阿姨们吃着零食闲聊，主要谈论镇上的坏传闻。我躺在地板上，她们的话我都能听得到。口音很粗糙，睡梦中听到的丑闻也很甜美。太阳落山，闲聊的主妇们都走了，我独自开始长睡，隐约听见哪里传来切菜的声音。那是妈妈为第二天出发去首尔的我准备和包装食物的声音。收拾得干干净净的带鱼和黄花鱼，冰冻花蛤、豇豆、青豆，精心包装以方便每顿饭分别加热的排骨、小根蒜、去除内脏的鳀鱼、冻牛蹄、小萝卜泡菜、新腌的大酱、炒鳀鱼、烤海苔……

起床的时候，汗水湿透了我全身。看了看表，凌晨三点。全身像遭受毒打似的剧痛。不知是汗水还是泪水打湿了我的脸。回到家里，厨房里某种黑暗的东西似乎在移动，在安慰我。没关系，没关系，疼痛也没关系，感到疼痛也没关系，没关系，你可以在睡前放声痛哭。我不只是心痛。心脏、肾脏、肠子都隐隐作痛。口渴得厉害。我已经三天没有吃饭了。穿上鞋，我来到厨房，打开冰箱门。冰箱方形的光明亮地照在我脸上。在光线之间，我看到像水母一样漂浮的腌黄瓜和干带鱼，还有生鸡蛋和几盒小菜。我拿出水，站在那里对着瓶口喝了起来。咕嘟咕嘟，令人直打寒噤的冰凉大麦茶沿着各个器官滑落。这感觉是那么真切。我关上卧室门，拿起装有内衣的纸袋子，然后静静地环顾厨房。厨房里乱糟糟的，仿佛还坚守着妈妈晕倒前的样子。洗碗池上的面碗堆得老高，搁板上滚落着蔫了的洋葱和几个苹果。很快，我的视线停留在菜板之上，就在妈妈的菜刀前。刀斜躺在菜板上，在黑暗中静静地闪光。刀已经磨得越来越薄，仍然保持着锋利和优雅的光芒。难以忍受的食欲突然袭来。好想切点儿什么东西吃，好想让内脏变得湿润，正好隔板上随意摆放着几个苹果。我一手拿苹果，一手握起刀。刀柄正好适合我的手。咔——绿色果皮上出现了小小的伤痕。我把刀刃插进里面，旋转。咔嚓咔嚓，咔嚓咔嚓，咔嚓咔嚓……黑暗的厨房里，削苹果的声音静静地荡漾。苹果在我手里自转，展示着自己的宇宙，散发着清新的香气。我顺利地削掉了苹果皮，一次也没有断。圆圆的果皮落在我的皮鞋上。我长吁一口气，大大地张口嘴巴，咬了一口苹果。

咔嚓——

我感觉一块苹果进入我的口中。我滑动湿漉漉的舌头，品尝苹果的味道。我咀嚼，吸吮，情不自禁地打了个嗝，然后闭上眼睛，喃喃自语：

"啊，真好吃！"

手机响起振动音。应该是老公在找我。我拿着苹果，咯吱咯吱地嚼着，走出了"美味堂"。苹果块犹如飞向宇宙深处的陨石，一圈圈旋转，将要在我口中的黑暗里旅行。去往葬礼场的路上，我真的产生了这样的预感。

祈 祷

新林①——每次提到这个名字,我都会想起绿色的树林。多树的林和青春的林,林中树木全都是标志地铁二号线的淡绿色。普通树叶颜色更深些,只是不知为什么,新林的树木似乎只能是这种颜色。新林,当我念出这个名字,仿佛远方的叶子在哗啦啦地摇摆,不停地呼唤"双木林,双木林"。新林,每当发出这两个音节,我的舌头就被染成了绿色。就像提到旧把拨,插在我内心某个角落的红旗便肆意摇曳。这和真正的新林,真正的旧把拨没有任何关系。

我抱着枕头,渡过汉江。到达首尔大学入口站之前,我需要换乘

---

① 新林洞位于首尔市冠岳区,因为靠近首尔大学,所以聚集了很多人在这里复习、考试,逐渐发展为首尔市内最大的考试村。多年以前,新林洞考试村曾发生过大量尾随单身女性事件、盗窃事件、连环纵火案件,引起国民恐慌。

两次。我坐在地铁座位中间，翘起脚后跟。枕头装在大塑料袋里。哪怕是小小的颠簸，它也表现得很敏感，发出稀里哗啦的响声。声音是那么单薄，我抱得更紧了。汉江对面是高楼大厦的丛林。它们用全身迎接阳光，阳光落在透明的肌肤上。云层间隐约可见首尔一点钟的表情，首尔一点钟的明亮。世界上的窗户太多，人们越发感觉黑暗。

——在哪儿呢？

手机在振动。姐姐的问题和标记到达时间的数字同时闪烁。我回复"鹰峰"[1]，然后又补充说：

——对不起，可能稍晚点儿。

调整呼吸。等待短信发送的时候，我有种奇怪的感觉。那些字怎么会知道自己去哪儿，又向哪儿移动呢？每天都有几千万人收发几千万条信息，这个人的"对不起"和那个人的"没关系"怎么会不碰撞，顺利滑向对方的终端？那么多的短信飘浮在空气里，犹如一氧化碳、氮气和汽车尾气。也许我们就在短信的层层包围之中，呼吸着短信生活。姐姐还没有回复。

---

[1] 首尔市城东区鹰峰洞鹰峰桥北端，首都圈地铁中央线在这里设站。

枕头是从站前床上用品店买的。本来想在新林站买,第一次去就改变了主意。天冷,路也不熟,会很麻烦,不如在家附近的折扣卖场买算了。枕头一会儿要交给姐姐。其实姐姐有自己的枕头。经过了那么久的打包搬家的异乡生活,什么东西都可以不要,唯独那个枕头让姐姐不离不弃。表面看起来那只是个普通的棉花枕头。姐姐却说这是全世界最舒服的枕头。就像有人热爱音乐,有人爱好画画,姐姐真心喜欢自己的枕头。今天,姐姐好像忘记带那个枕头了。妈妈心烦意乱。她好像在自责,觉得是自己让姐姐逃跑似的离开。姐姐磨磨蹭蹭,急性子的妈妈看不惯。当然也怪舅舅来得太早。姐姐不知所措,妈妈唠叨不停,后来甚至大声呵斥。姐姐站在车前生气的时候,妈妈难为情地往她手里塞了 10 万元。两人尴尬告别。也许她们都不知道应该做出什么样的表情,只好稀里糊涂地假装生气。越是歉疚,越是不情愿,神情就越是僵硬。后座上堆满了全国资格考试习题集,汽车轰响着驶离小区。妈妈在垫子上坐着,过了很长时间才发现姐姐的枕头。枕头中间凹下去了,凹下去的样子正好是姐姐后脑勺的形状,摸起来似乎还带着温度。妈妈清早给我打电话,在电话里把姐姐臭骂一顿,然后闷闷不乐地说:

"你姐姐的枕头忘带了,你给姐姐买个枕头。"

祈祷

手机又振动了。我以为是姐姐,打开手机一看,却是别人。

——徐仁英女士,这是一条确认短信,今天晚上七点在回基洞①见面。

我发短信说好的,不过还是有些犹豫。这件事已经推了三次,不能再推迟了。之所以同意接受讨厌的"问卷调查",完全是为了得到"文化商品券"。几天前,我接到某个女子的电话,她说劳动部正在举行"大学毕业者就业途径调查"。我像对待其他电话咨询员一样,语气疲惫而且充满怀疑和警惕。她亲切地解释了问卷调查的目的,说调查员可以去家中完成问卷,如果愿意参与问卷调查,还能赠送文化商品券。我马上就动摇了。一次问卷调查可以领到三张商品券,哪有这等好事?但是,我要是答应得太爽快,说不定对方会以为我是闲人,或者看不起我。我假装自己不是因为"钱"而同意,故意用富有教养的语气说,什么时候呢?对方反问,您什么时候方便?我当然知道,凭借文化商品券享受到的"文化"都比较浅薄,甚至不值一提,不过应该配得上失业者一日份的自责。

列车停在二村站②。人们沿着不同颜色的路线汹涌移动,像是抓

---

① 位于首尔市东大门区。
② 二村站是首尔市地铁四号线的一个站点。

着绳子跋涉的中世纪盲人。我换乘开往舍堂方向的地铁。热气汹涌而入。我只是给姐姐送枕头马上回来,然而枕头的面积和塑料袋的声音总是让我分神。我缩着肩膀,努力不和旁边的人发生皮肤接触。姐姐说她已经到了,正在搬行李。每次手机振动,我都吓一跳。仿佛姐姐变成了手机,在我的口袋里哭个不停。听说考试院在很高的地方,我担心姐姐会不会太受罪。刚听说姐姐在山底找到房子时,我不以为然地回答:

"姐姐你不是喜欢山吗?"

姐姐愣了一会儿,哈哈大笑着打我的脑袋。爸爸在看守所的时候,我也说过"爸爸不是喜欢豆子吗?"同样被妈妈打了后脑勺。

"是啊,下雪的时候应该去滑雪。"

姐姐喜欢山,这是事实。妈妈每顿饭都往锅里加各种豆子,认识的警察叔叔在爸爸酒驾被拘留时几次手下留情,这也是事实。爸爸带着政治犯的面孔,蹲在镇拘留所的角落里。拘留期间,微不足道的前科犯没有反省,也不为生计担心,反而为"村里没人来探视"而感到愤怒、汗颜。从那之后,爸爸每次喝了酒都会大声喊,我都记得!当然,他不和任何人争吵,只是自言自语。爸爸出狱那天,我们全家在晚饭桌前吃着豆花儿,彼此尴尬得无法忍受。电视剧里播出监狱的画面,我们会不约而同地哈哈大笑,换频道。这已经是几年前的事了。那时,姐姐也常背着书包去小山上的图书馆。全国突然刮起了图书馆旋风,镇图书馆设在新建不久的建筑里。我们这里是乡下,前来图书馆的大都是头发上抹了啫喱水的青少年。隔着可以传递纸条和饮料的挡板,嬉笑和喧闹声连绵不断。认真学习的只有姐姐和一个准备考试的青年。青年考试生坐在阅览室角落,忍耐着各种噪声。实在受不了的时候,他就大喊,喂!你们安静点儿!室内立刻安静下来。中学生们的指责和蔑视却又源源不断地落上青年弯曲的后背。他每天只会说,安静点儿!有一天,他主动和背着书包下山的姐姐说话了。他从红色巧龙①车窗里探出头来,问你要去哪里?姐姐说那是她第一次看到青年考试生的笑容。姐姐没有坐他的车,不久就换到了镇上的读书室。不管刮风下雪,即使痛经或身体不舒服,姐姐也会乘坐早班车去读书室,再坐末班车回家。有一次姐姐咳嗽得厉害,曾经收到一张匿名纸条,"生病了就该去医院,或者在家休息,为什么要来读书室?"谁写的呢?姐姐环顾四周,周围只有几十个低垂的脑袋。姐姐到处寻找适合学习的环境。前年在镇上的读书室,去年在鹭梁津附近的上道洞,今年最后换到了新林。谁都没有说出"最后"两个字,不过大家都这么想,

---

① 即Tico,韩国大宇重工业公司与日本铃木集团合作生产的小型家用轿车,1991年首次投放市场,曾风靡一时,甚至被誉为"国民车"。

尤其是姐姐自己最希望这样了。

　　姐姐从地方大学数学系毕业，而我从几年前就生活在首尔。姐姐下定决心来首尔，很大程度上是因为离家虽远，至少还有我相互照顾。姐姐很想逃离和妈妈之间频繁的争吵，以及邻居们的视线。偶尔在图书馆遇到同学的时候，她们也会因为相似的处境而尴尬和别扭。谁知在离家那么远的鹭梁津，竟然也遇到过几名同学。对姐姐来说，最感羞辱的不是如花的二十岁年华在格子间里度过，也不是朋友们爽朗的问候，而是自己每天都要面对的镇上抽象的"视线"。乡镇上的视线毫无责任感，却又相当执着。有一位叔叔，每次看到公布录取名单的时候，就来我们家打听结果。明明已经听到消息，却故意跑到家里问"怎么样了"，然后炫耀一番自己的子女再离开。姐姐的脸上混合着对大人的礼貌、狼狈、微笑，还有羞耻，像不成型的面糊一样颤动。节日或朋友的婚礼上，我都见过相似的表情。

　　我和最小的妹妹住一个小单间。也是这个原因，姐姐才说不出一起住的话。每月姐姐会来我们家两三次，也不是特意约好日子，她会从鹭梁津突然到访。深更半夜里姐姐突然出现，黑着脸敲门，然后倒在温热的暖炕上睡得昏天黑地。她来我们家好像只是为了"沉睡"。

仿佛这样睡一觉真的很好。她睡了很久，一动不动。姐姐来了就把被子横向铺开。我们的脑袋和脚腕都露在被子外面。

几年前，我在某化妆品公司工作，负责制作公司报纸和宣传册，向媒体发送试用装和邀请函。进入公司后，妈妈比我还开心。听到我被录用的消息，妈妈把我带到镇上，给我买了一套价格40万元的正装。妈妈把镇上所有的服装店转了个遍，挨个服装店地说明"我女儿工作了"，语气很豪爽，好像对方不听她说话，她绝对不会付钱。当时我们筹不到数百万的律师费，爸爸还关在拘留所里。对我们来说，这是不小的数目。我提着大大的购物袋来到首尔，次日就穿着正装去上班。第二天，我犹豫片刻，还是继续穿了。第三天我终于没有再穿。我喜欢披着妈妈的"自豪"，可是我觉得这样是不是显得很可笑，甚至有些抬不起头。几天后，我给家里寄了含有绿茶成分的洗面奶试用装。那是用塑料包装起来的样品，像一次性洗发水。妈妈满世界地炫耀。她好像把那堆试用品当成子女的社会地位或权势。其实那是公司免费发给我们的样品。那时候，我们需要这种具体的证据和实感。一年后我辞职了。当初选择这家公司是因为就业准备期太长了，我想总该有个结果才行。"所有人都很优秀"的传闻更让我自惭形秽。真的是所有人都很优秀吗？所有优秀的人会不会面色红润地打量我的脸色？我很不安。后来我跟记者发牢骚的信息被报道出来，我半是自愿半是被迫地递交了辞职信。谈到诉讼问题,我的心里不知道有多么恐惧。我离开公司三年多了,直到现在妈妈仍然使用我寄的洗面奶。妈妈说,每天晚上在浴室用剪刀剪试用装的时候都很心疼。我说化妆品时间太久就不能用了,让她扔掉。妈妈含含糊糊地说,姐妹几个你学习最好。对话不断重复,希望亦是如此。连续几年,我们不停地说今年会好的,好像第一次说这话。我应聘国企失败的时候,姐姐公务员考试落榜的时候,都是这样。我们逐一找出乐观的根据。今年赶上选举季,名额会不会多些?今年国家功臣加分减少,会不会更有利?今年上了辅导班,应该会好些吧?今年也好,明年也好,已经努力这么多,应该可以了吧?即使辞职,我还是会有些钱。那是我抽空做翻译和家教赚的钱。有一次,我和处境差不多的朋友见面,开玩笑说,如果大韩民国的私立教育瓦解,我们就死定了。

  地铁广播又响了。我在舍堂站换乘二号线。距离首尔大学入口站还有两站,五分钟就能到达。新林,我自言自语。一道风景在摇曳的绿叶间若隐若现。

  姐姐和我走在陌生的地方。那年姐姐从教师资格考试转到教育行政职务方向。姐姐坚持要来首尔,去趟旧书店。她说教材费已经好几万了,还是买些便宜书吧。她从网上查找路线图。首尔火车站和清溪川也有旧书店，不过姐姐决定在高速客运站附近的新林和舍堂方向寻找。她的想法是这里位于大学周边，应该比别的地方好些。我们皱着眉头看地图，寻找旧书店。在这家书店里摇摇头，再去另一家，书好像都卖完了，又赶往下一家。不到半天时间，我们突然很惭愧地明白了，首尔大学附近的旧书店不卖九级公务员的考试用书。国家等级考试练习册中有很多师范、外务和五级、七级公务员的书，但是几乎找不到和九级有关的书。面对我们的糊涂和空手而归，真不知道如何是好，只能急忙把双手插进口袋，离开那个地方。我们不知道该去哪里，就在过道里站了一会儿。烈日下流汗的姐姐不知所措，看上去很丑。姐姐比我大三岁，总是比我更时髦、更懂事三倍。上学时，姐姐得到的东西总是比我的更好。此时此刻，姐姐狼狈的样子让我觉得好陌生。姐姐很难为情地提议去吃饭。我们怀着补偿自己的心理去了意大利餐厅，点了空心面。争执了很长时间后，姐姐在收银台刷卡结账。那天，连餐费带车费，姐姐花了比本想节约的金额更多的钱，然后我们回家了。

——到哪儿了？

我说快到了。我按照姐姐告诉我的路线，在站前公交站乘坐5515路。公交车上没几个人，大部分都是年轻人。不知为什么，我感觉他们都像首尔大学的学生。不能表现得太恭敬,可我总是不由自主地心生敬意。窗外的新林并不像想的那么苍翠。在我想象中,树木应该像二号线那样呈现淡绿色,却是光秃秃的,瘦骨嶙峋。我站在银行前,四下里张望。街上好像插入了几个地方小城,陈旧而且不连贯,像杂志一样杂乱无章。我突然感觉时间好像停滞了。我记得不仅新林,首尔大部分街道都是这样,仿佛是从各地剪贴、拼凑而成。一个男子正在分发夜店的万元打折券。街上男人很多,大都是二三十岁的男子。我茫然地猜测他们的生活、饮食,他们的家庭和性爱。从姐姐那里听来的内容发挥了作用,不过我真的感觉这城市像个庞大的传言。我看到姐姐朝我跑过来,腰间的赘肉清晰可见。

"姐姐!"

姐姐神情灿烂。我说对不起,我来晚了。姐姐说没关系。我们俩都不知道哪儿对不起,哪儿没关系,只是每次见面都这样说。姐姐看见我就说:

"那件衣服很漂亮。"

我摸着黄褐色的马甲,解释说:

"嗯,在网上低价买的,还不到一万元。"

说完,我突然递过手里的袋子。

"对了,姐姐,你的枕头忘带了,妈妈让我给你买一个。"

姐姐的脸色暗淡下来。

"是吗?"

忘带枕头和跟妈妈吵架,究竟哪件事更让姐姐心乱,我不得而知。我们走进一家烤肉店,好像理应如此。我们俩都不了解,就进了眼前的这家。招牌上大大地写着"首尔大学研究团队认证,喂茵陈蒿长大的猪"。首尔大学和猪看似毫无关系,却莫名其妙地有种走进学术餐厅的感觉。我想起姐姐爱吃牛肉,就点了火锅。

"和鹭梁津的气氛不一样啊?"

"是吧?"

"嗯,可能是年龄段不同,感觉很安静。"

"鹭梁津有个教堂,每天早晨给教徒们提供早饭,你知道吧?很多学生就去那里吃饭。"

像是老板的男子把食物端到我们的桌子上。我看了看卷成一团的肉,摇了摇头。肉色太淡了。

"这不是牛肉吧?"

老板一边往火锅里放蔬菜,一边笑着说道:

"对,是猪肉,很好吃。"

我从没吃过猪肉火锅,有些不知所措。猪肉不是轻轻一烫就可以吃的吧?我跟姐姐说,是猪肉,对不起。老板瞥了我一眼。姐姐用湿巾擦着手说，没关系。

"听说在这里酒后闹事也不会被抓。人们比警察更懂法律，审讯起来很难办。"

"真的吗？"我笑着给姐姐夹肉和蔬菜。我这才注意到，街头看到最多的字大概就是"法"。辅导机构、备考出租房、网吧、饭店招牌，到处都是"法"。

"房间还可以吗？"

姐姐用涮过的芹菜叶卷着猪肉，回答说：

"嗯，房东阿姨刚才还给了我一罐漏气的可乐。找房子那天我就感觉到了，越是不好的房子，房东越亲切。"

找房子那天，说的应该是半年前了。当时，姐姐和小妹在这附近转来转去，手里也拿着从网上下载的地图和资料。考试村以公路为界，分为9洞和2洞。9洞以辅导机构和简陋的备考出租房为主，2洞多是高档一居室。9洞也有很多新建的一居室，价位不一。姐姐租了一家女生专用备考出租房，每月14万元，带公共浴室和网吧。听说不能上网的房间很难租出去。

吃完饭，我们喝了速溶咖啡。我走到餐厅门前，迅速在信用卡账单上签名。比起现金支付来，信用卡的缺点就是让后面的人等待更长时间吧。

路没有想象中那么难走。我以为真的是山路，其实只是普通的住宅区，有很多备考出租屋和超市，不过到处都在修建新的一居室。姐姐喘着粗气说：

"本来这里都要荒废了，金融危机之后又恢复了生机。"

即使不是这个缘故，我也感觉当今时代是"施工"的时代。

"有人说过了篱笆超市就能看到整个新林洞，这里是警戒线，因为和顶峰最接近，我的房间就在这附近。"

"那就是说姐姐已经登上顶峰了？"

姐姐拍了拍我的头。我咯咯笑着跟在姐姐身后。姐姐总是想要和我说话。也许是觉得我刚才对陌生的故事有兴趣吧。姐姐从小就喜欢给我们东西。我们需要什么，她就买给我们，买不到就把自己的指甲油或化妆品送给我们。最近她还来到我的房间，一边满腹牢骚，一边帮我清理冰箱，甚至帮我安装了放置已久的橱柜门。现在她没什么可以给我，就想对我"讲话"。

"第一轮司法考试那天，这前面聚集了几十辆旅游大巴，一齐出发，那场面真是壮观。"

姐姐接着说：

"看房子那天，我打开一家出租房的房门，里面没有人，中间孤零零地挂着衣服架,上面晾着三角内裤,品牌标签上写着'勇敢者',你不知道我有多尴尬。"

姐姐不停地说。我默默地听姐姐说话,在山路中间停了下来。

"姐姐。"

姐姐红着脸,转头看我。她的呼吸有些急促。我本想说你不用给我那么多,开口却说了别的。

"给我。"

姐姐呆呆地盯着我,眼睛小而清澈。

"嗯?"

我夺过装枕头的袋子。

"我拿着吧。"

袋子递到我手里,发出窸窸窣窣的声音。声音太轻,我紧紧抓住袋子。

我们来到一栋四层住宅前。明显是经过改造的畸形建筑。新林洞的大部分出租房都是在家庭自住房的基础上拆建、修改、附加、增建而成。建筑物内部,本应藏在墙壁里的电线裸露在外,看起来像是家畜的气管,从门口就强烈地放射出近似敌意的寂静气息。房门是现代化的玻璃门,和建筑物的年龄不太搭配,显得有些奇怪。姐姐按了密码。

我跟随姐姐走进出租房。鞋柜下放着一双三道杠拖鞋,像是长了蛀牙的病人,缠着红色的彩带。会不会是故意炫酷?我带着疑问仔细看了看,原来是鞋底掉了,拿绳子固定。建筑物前面有个小院子,只有巴掌大的空间。如果不是姐姐事先说过,真看不出那是院子。

"我就是看到这个才喜欢上这里。"

人造草坪上耸立着各种紫罗兰。我附和着说,可能真是为女生而修建的吧。姐姐小声说:

"你要是在考试村里转一圈就知道了,这样的空间非常特别,非常宝贵。"

经过一层过道,上了楼梯,告示板上贴着纸条:

通行时务必抬起脚后跟。房东字。

还有一张:

拿走我钱包的人,你去死吧。

姐姐的房间在三层过道的尽头。几十扇一模一样的门宛如残酷的童话展现在眼前。虽说我已经预料到了,不过真正站在门前的时候,还是感觉窒息。有个房间的门把手上罩着白色的布套，带粉红色刺绣的手工艺品。我突然想，这个房间里的学生不管走到哪里，大概都会在心里保留一片花园。姐姐打开房门。房间布局一览无余。只有两坪多的空间之上是窗户和桌椅。这就是全部。姐姐带来的生活用品参差不齐地堆放在房间角落。最多的是书，还有洗衣粉、卷纸、被子、拖鞋、雨伞等。姐姐在经常搬家的过程中学会了最大限度简化行李的方法，另外也因为姐姐拥有的东西或者说可以拥有的东西越来越少。我双腿并拢，蹲在房间中央。姐姐也以同样的姿势蹲下来。地板很凉。为了防止吹进风来，门缝粘了胶带，墙上放着木质隔板和褪色的对讲机。我小声对姐姐说，比起价格来，这个房间不错，很干净。姐姐的声音也压到了最低，和她的姿势一样。是吧？书桌下面有两个插孔。随意挖墙露出的泡沫很难看。姐姐窃窃私语道：

"感觉好像有人偷窥。"

姐姐会经常面对这两个孔。

"毕竟房间明亮，也算是万幸了。"

窗外，隔着纱窗可以看到公寓和黄色水箱。姐姐以后也会经常看到它们。对话中断了，两个人蹲在狭窄的房间里，没什么事情做，感觉有些别扭。

"我们出去吧？"

关门时，我无意中发现书桌上有个盒子。纸盒上的字很熟悉。礼山苹果。那是故乡的名字。

离开之前，我和姐姐决定去考试村的山顶看看。去咖啡厅不合适，时间还有剩余。越往山上走，建筑物看起来越小。还有一栋西式建筑，让人无法相信是备考出租屋。某出租屋楼顶悬挂着条幅，炫耀从那里走出来的学生的成就。

"现在九级也挂条幅了？"

姐姐说当然。我们渐渐来到高处，怪异的寂静随之扩大，跟随着我们。周围几乎没有人。

"到了。"

我喘了口粗气。下面就是首尔。从远处看，首尔显得更贫困了，抑或是因为贫穷才显得遥远。层层错落的备考出租房和冬天的树，风景浑浊而凄凉，犹如停止的视频。山脚下是被挡住下身的63大厦。出来散步的考生们把目光投向我们。突然，一个奇怪的念头闪过脑海。

"首都可以是这样吗？"

也许正因为是首都，才会这样吧。灰色的树木纹丝不动。听说新林洞有大约两万名考生。所有走过这里的人都屏住呼吸生活。两万人的沉默，两万人的脚后跟，两万人的失眠，我描绘不出这样的画面。

这一切在某个空间里同时发生，几十年间不断重复。我不知道我们登的是不是冠岳山，就像我不知道从哪里开始是新林，到哪里是9洞或12洞。只因为这是新林的山，那就稀里糊涂地认为是冠岳山吧。我留意看了看西式出租房的楼顶。几件迎风飘舞的衣物，倒放的红色盆子，生锈的杠铃和水箱。看着看着，我注意到某个楼顶有什么东西来来回回。

"姐姐，那是什么？"

姐姐也跟随我的视线，眯起眼睛。黑色物体有规律地上上下下。

"哎呀，是跳高。这要很勤快才能做到呢。"

仔细一看，的确是男生穿着运动服在练习蹲跳。那样子很可爱，也令人感到心酸。晚秋的风冷而干燥。楼顶上，几个向日葵似的黄色枕套被阳光晒得清爽干脆。

下山。我们原路返回，经过超市，经过出租房，经过无数的门和窗，无数的寂静，到达公交车站。我问姐姐，想不想吃维生素？我请你吃糖好不好？或者买面包？我送你一个抱枕，你愿意抱着睡觉吗？我像加塞儿似的迅速跑到"关心对方"的位置，一屁股坐下来。姐姐说不用。

"姐姐，我得走了。还想再待会儿，可我晚上还有事儿。"

我们像过早道别而无所适从的人，伸长脖子望着公交车驶来的方向。我犹犹豫豫地往姐姐手里塞了5万元钱。姐姐大惊失色地连连摆手。我说着玩笑话，坚持让姐姐收下。这不是第一次，每次都是这种方式。这是减少彼此尴尬的最基础的表演，就像为了彻底上圈套而选择的格式。又像姐姐住处门前的人造草坪，这是宝贵的虚假。不一会儿，5515路公交车停在我们面前。我正要上车，突然转过身说：

"保重。"

姐姐冲我挥手。姐姐的身影在窗外渐渐变小。比我矮小的姐姐，被烟尘笼罩的姐姐，渐渐远去的新林，那里的枯树、建筑、招牌、失眠、青春、冬天都在我背后。尽管我不知道，其实一直都是这样。

我又乘坐地铁过汉江。也许是天气冷的缘故，疲惫感扑面而来。暖气的热流传递到小腿。不知不觉，我睡着了。我的头靠在别人肩上，猛地惊醒，然后又靠了过去。手机响了。我打开手机盖，睡意沉沉地说：

"喂？"

"我是今天约您见面的劳动部调查员，请问您住在回基洞的什么地方？"

想不到是个中年男子。我又困又担心，犹豫着要不要取消这次见面。

"您到哪儿了？"

他说他在高丽大学前。我告诉他到达我家的捷径,然后约好在便利店门前见面。他说自己是运动头,手里拿着购物袋。

四周黑了下来,路过的汽车灯光充满饥饿感。一个男人拿着购物袋走出公交站,穿着俭朴而平凡,端庄的皮鞋却很显眼。他抬起手,热情地打招呼。他的年龄和爸爸差不多,这让我有些慌张。我尴尬而恭敬地点头行礼。他问:

"您是徐仁英女士吗?"

他只拿了一个购物袋。他说来自劳动部,应该不是正式员工,身上散发着五十多岁特有的呆板气息。不知为什么,我感觉他是那种一辈子净说"对不起"的人。他摸着涨红的耳朵,问道:

"我们去哪儿?"

我犹豫片刻。应该去哪儿呢?家里不合适吧?那么去咖啡厅?那么谁来买单?这个人的活动经费里包含这项吗?他每天见的人可不是一两个,去哪儿呢?

"步行十分钟左右,有一家图书馆,那儿怎么样?"

"是吗?"他反问道,然后迅速观察四周。

"不,我们去那里吧。"

他指着丁字路口中央的大教堂。我说那也好,就跟着他走了。几年来每天都从那里路过,却从来没想过进去看看。教堂是哥特式建筑,散发着沉重而压抑的气氛。我站在覆膜的黑色玻璃窗前,犹豫不决。他似乎很熟悉这种状况,自然而然地推开玻璃门。我又不是这里的教徒,如果有人问起,该怎么说呢?大厅里暗得让人不安。幸好是平日,教堂里几乎没有人。他坐到礼拜堂门口的椅子上。椅子很长,硬邦邦的。我隔开一段距离,也坐下了。椅子旁边有一棵小圣诞树。他从购物袋里拿出调查问卷。我稍微朝他靠近过去,试图听他说明。他记录我的姓名、住址、毕业时间、专业等情况。我猜他为这份工作接受过训练。问题非常细致。专业对职业选择是否有帮助;为了找工作学过什么;有没有资格证书;有没有为了找工作而学过语言。我只有一个 Word 文档操作资格证。很久以前,当我在 Word 文档考场急得团团转的时候,一名小学生离开教室,大声喊道:

"哎呀,这也太简单了,不是吗?"

他根据我的回答变换题号,提出新的问题。

"如果是这种情况,那就进入下一个问题,否则进入第 3 题。"

我摇着头问:

"我今后会怎么样?"

他说,针对同一对象的调查会持续五年。我表现出大学毕业生应有的警觉,问道,那我的私人信息将被国家保管五年?他静静地笑了笑，说不一定，如果不愿意，明年就可以向相关部门说明自己的想法。

"大学在校期间到现在做过的工作，可以都写下来吗？"

我拿着笔朝他走去。翻译、咖啡厅服务生、化妆品公司宣传员、杂志校对、论文修改、英语家教……男人问了各种职业每周工作的次数、薪酬、是否有保险，等等。我们一起按照题号找问题。他大概也知道，比起完全交给调查对象，一起回答速度更快。伴随着稍许的玩笑和蹩脚的手势，气氛变得轻松许多。

"那您现在从事的工作是？"

我有点儿惭愧地回答：

"家教。"

"报酬是多少？"

我把一个月的家教费换算成计时工资。

"三小时15万元。"

男人非常惊讶。我有些不知所措。

"因为那家人条件比较好，比别人给得多。"

"好的。"男人点了点头，流露出些许的敬畏。

"您还做过宣传员，这种工作是不是需要事先学习？"

我解释说不是的。受到这种形式的尊重令我很不安。他对我放弃每月200万的工作而感到惊讶。

"感觉这个地方不错,为什么辞职呢?"

"就业过程"透露得越来越多,我有些为难了。我也不知道为什么会这样。因为我觉得自己比他强,还是他觉得我比他强,或者因为我长期以来喜欢为对方考虑的习惯?我感觉自己被这种习惯支配了。男人会不会感觉自己遭到了比自己年龄小的人的冒犯呢?我很焦虑。我静静地注视着专注于问卷的男人。大叔完成一份调查问卷能拿多少钱呢?我的朋友做这种工作的报酬是每份5000元。冬天从早到晚出门见调查对象能拿多少报酬?虽然说是来自劳动部,但这位大叔分明就是"打工仔"。我心里生出几丝恻隐。我感觉自己有些不知天高地厚,这让我很是羞愧。最后他问:

"您今后打算做什么?"

我迟疑了一会儿,说想读研究生。其实我没有这种打算,可我不想让别人觉得自己是个没计划的人。事实上,我的想法是"实在不行就读研究生"。所谓学位就是价值千万的资格证,拿到手没坏处。幸好男人没有继续追问。他把文件递给我,让我签名。黑暗的教堂大厅里,过时的圣诞树慢吞吞地闪烁。我们坐在长椅上,头凑在一起,看上去像是祈祷。男人低着头,他的脸随着圣诞树上的灯光而忽明忽暗。随着光的强度和面部阴影的变化,男人的表情如同浮在水面的颜料,时而聚集,时而扩散,形成复杂的形象。男人递给我一个信封,是三张价值 5000 元的文化商品券。我说谢谢，把信封塞进外套口袋。打开教堂的门，冷风吹进来。男人问道：

"去回基地铁站怎么走？"

我说，从这里直行一段之后过马路，再走五分钟就到了。男人说了声谢谢，转过身去。转眼间，外面已经漆黑了。饥饿感向我袭来。我得回家吃东西。我朝和男人相反的方向转身，突然停下来。

"我问一下！"

男人继续向前走，我提高嗓音叫他：

"等一下。"

男人转过头来，两只眼睛小而清澈。我犹豫着问道：

"接下来您要去哪里？"

男人说：

"去成均馆大学。"

我想了想，对他说：

"那您不要去回基地铁站，就在这里坐 273 路公交车吧。地铁站离这里远，273 路正好到成均馆大学校门口。"

男人脸色一亮。

"就是那个公交车站吗？"

"是的，三十分钟内就能到达。"

男人说谢谢,同时掉转方向。我也继续走自己的路。不一会儿,我停下脚步。我想起273路到惠化洞,但是不在成均馆大学门前停。转头看时,男人已经走远了。惠化站到成均馆大学还有很长的距离,他以前没去过,也许找不到。我担心自己的善意给男人带来更大的麻烦。我拿起手机,想着要不要给他发个短信。想来想去,我终于没有发送。

方寸之地

只有一次,我牵着妈妈的手去一个村庄。那里有层层叠叠的屋顶和胡同,内部长满深深的皱纹。正巧亲戚在附近办婚礼。妈妈想带我去她和爸爸刚结婚时帮忙照顾我的人家,向那家的房东大婶道谢。那年我十岁,现在算来已经是十年前的事了。乡下长大的我坐完公交车又坐地铁,最后换乘出租车到了那个地方。第一次见到贫民区风景的时候,我觉得那不是山坡或村庄,而是个"土堆"。出租车进不了小区,我们就从门口走到台阶底端。台阶那头,可以看见耸立于烟雾之中的村庄顶部。那里有个房子,正是我出生的地方。

远方,上了年纪的太阳为了继续添新岁而坠落,贫民区上空笼罩着阴影。伴随着黑暗在地球某个地方膨胀的速度,我听见大地冷却的声音。我跟随全世界最健康的三十来岁的村妇,我的妈妈,开始爬台阶。

村庄皱巴巴，好像用于提高肺活量的肺泡。那么多的胡同和台阶弯弯曲曲地聚集又分散，形成无名的道路。时而汇成羊肠小道，时而像爆竹似的射出无数条路。十年前走过的路，妈妈并没有忘记。朝右，朝左，上上下下，沿着忽隐忽现、迷宫般的道路摸索着行。我跟在妈妈身后，朝右，朝左，上上下下，沿着忽隐忽现的路，茫然前行。

每条胡同都有不同的浓度——胡同里流淌着多重时间，妈妈在夕阳多彩的浓淡之中飞快地穿梭，还没忘了跟我说话。我保持着听得见妈妈说话的距离，迅速地迈着碎步。妈妈说的大多是我小时候的事。我吃什么，在哪儿受伤，怎么逗父母笑，弄坏了多少东西。妈妈还说房东大婶对我们有多好多好。她说有些事无法回报，但是绝对不能忘记。妈妈在膝盖上用力，继续攀登台阶，继续讲我们将要到达的那个房子。那是妈妈生我养我的地方。我在那个房子里睡了很多觉。

一天下午，妈妈给我换完尿布，喜笑颜开的我终于进入沉沉梦乡。妈妈准备去市场。因为背着我上下台阶很辛苦，出门之前，妈妈在我床头放了一包香蕉脆。她没忘记在旁边放上插了吸管的酸奶。妈妈锁上门，转头看了好几次，然后去了市场。买东西的时候，妈妈一直忐忑不安。会不会出什么事，孩子会不会拍着房门哭泣，她胡思乱想了很多。妈妈双手提着辅食，挥舞着画满热带水果的越南裙子跑上台阶，一个土豆滚落到台阶下面。她心不在焉地打招呼，这让隔壁女子倍感失落。妈妈都顾不上了，不停地跑啊跑。当她心急如焚打开门的时候——房间里刚刚睡醒的孩子却像什么事都没发生，带着最骄傲的表情吃香蕉脆。

即将到达的出租房和哗啦啦的声音，不会说话的孩子睡眼惺忪地撕扯零食袋子的声音，某个瞬间"嘭——"地回响在耳边，我动了动嘴唇。嘭——喧闹而轻巧，多么美味的声音。

后来又有了一个孩子。从那以后，先醒的孩子喝完酸奶，弄碎了香蕉脆独自玩耍，后醒的孩子放声大哭……妈妈消失在胡同里。我追上妈妈，想听她继续说下去。太阳慢慢地倾斜，台阶看起来永无止境。

到了山腰中间，我调整呼吸。妈妈穿着短裙却并不在意，张开腿坐着擦汗。我跷起脚，低头去看下面的村庄。我看到远处手拉手排列的电线杆和笼罩在烟雾之中的城市轮廓。我们坐在台阶上，良久无语。忽然吹来一阵风，像有人用粤语演唱的歌曲，土气而又抒情。妈妈的喇叭裙和粉香随风飘舞。裙子间可以随便看到长筒袜的肉色带子。我静静地坐在妈妈身旁，小脑袋靠着妈妈的肩膀。一九八〇年代末，人们在一九八〇年代的风景里忙忙碌碌，来来往往。那天，大概也有几十列地铁像水蛇似的扭着腰,柔和地游过地下。直到现在,每当我想起和妈妈并肩坐在安宁的静止里,默默地吹着风——还是会莫名地,有点儿心痛。

走了很久很久,我们终于到达山顶。妈妈提着橙汁箱子,停在一扇绿色大门前。说不清是哪家,大部分房子都差不多。妈妈探头进去,一位方脸大婶跑了出来。妈妈像个新媳妇,毕恭毕敬地问好。大婶灿烂地笑着,表达着喜悦的心情……

我能想起的只有这些。大婶跑到门口时的微笑,就到这里。对于出生的房间,我没有特别的记忆。已经到了这里,我不可能不进去,然而后面的事却想不起来。打开房门的瞬间,仿佛有三四年的时光猛地倾泻而出。唯一忘不掉的是到达之前走过的路,那么难走,那么狭窄复杂,弯曲又奇怪。从我身旁吹过的风,堆积在胡同里的层层的光和黑暗,只有这些。

很长时间里,我忘记了自己曾去过这样的地方。某一天,我得知自己那么辛苦找到的地方,那么拼命想要见到的东西,只是一个小房子,一个黑暗的"空房间"。飘浮在山顶的空间,空荡荡的四方形,我为了找到这样的地方而走了那么漫长、那么曲折的路。有时我会想,那个"四方形的虚无"还会像孤岛似的飘浮在那儿吗?或者飘浮在我的头顶,像复写纸一样摇摆?每隔不久,出租房就会爆发出"嘭——"的声音。也许,那个吓人却又美味的声音依然住在那里。这样想的时候,我突然觉得"嘭——"和"嘣——"很相似。世间所有美妙的声音里都有风。宛如悬挂在"风"字灵巧尾巴里的妈妈的话,单词的草籽,宛如在我胡同般的血液里游转,某个瞬间"嘟——"发芽的声音,宛如我嘴巴里的话语满世界游转,最后进入你的身体,萌生出另一句话的声音。或许我——就是和消失的语言、消失的记忆、永远无从了解或从未拥有过的长眠、好像早已熟悉的风景一起,吃着从失踪事物之间吹来的风长大的呢?

*

每次从那里经过,人们都会呼唤那个人的名字。那个人住在学校门前公路边的简陋建筑里。在所有人上学经过的路上,歪歪扭扭站立的建筑物每天都要多次迎接数千人的视线,于是变得衰老而疲惫。他就住在三层。那是餐厅和典当铺混合的砖瓦建筑。一层有家陈旧的全鸡店。每天晚上,建筑物四周飘荡着令人难以忍受的美味全鸡的味道。深更半夜,他每次上楼都会感觉肚子好饿。

他的房间里总是开着灯。有人说这是因为他不想走进熄灯的房间，也有人说是因为不管用多少电，每个月的房租都固定不变。不论春夏秋冬，白天黑夜，他们家的窗户总是亮着的。映在窗上的灯光随着日出日落的速度或明或暗，随着地球的运动无时无刻不在发生变化。人们总是要从前面经过，每次都会抬头看那扇窗，不知为什么，每次都觉得他一定就在那里。人们总是呼唤他的名字。偶尔他也会朝窗外挥手，跟人们打招呼。很长时间之后，不管他是否在那儿，人们都会呼唤他的名字。我在见到那个人之前，就已经知道他的名字了。每次从那里经过，我都会想，像他这样生活在所有人"看得到"的地方，是否就像站在没有阴凉的操场上被太阳炙烤的感觉？他的情况不是被模模糊糊地猜测，而是被人习惯性地想起。这可能比贫穷更糟糕。我停下脚步，陷入愁思。我对他没有兴趣。我只知道他是我的前辈，还有他的名字叫斗植。酩酊大醉的前辈们从傍晚就开始呼唤他的名字，那时我也只是漫不经心地从那里走过。

那一年，我住在开峰站附近的姨妈家。每天晚上我都在四周转来转去，找不到姨妈家。只走同一条路线的习惯，大概就从那时养成了。城市里有太多外形相似的建筑，想以某个地方做标记不太可能。那年发生了很多混乱的事。比如面对着新学期的陌生问题慌里慌张，比如担心自己不说清楚或解释明白，别人会指责我。尽管我们说话大部分都是因为无话可说，或者无法忍受沉默，尽管我们总是轻而易举忘记自己什么时候说过什么样的话。我在这些语言中间常常感到滚烫、疼痛、坐立不安。

那是1999年的夏天。我走过从校门到地铁的悠长的柏油路，书包里装着很有名，但是我不知道的作家们的书。走在人行道上，我不停地思考，没什么可想的，就把刚才想过的事情再想一遍。我下定决心，一定要拥有这样的经历，人生中最煽情的经历，能够帮我熬过这样无聊的时刻，或者希望时间快点儿过去的时刻。"等到那时，我应该很容易就能说出肮脏的话。"也许是因为不适应刚刚开始的寄人篱下的生活，我故意放慢脚步。我知道这并不是谁的错，和别人一起生活就意味着彼此之间要稍微忍耐。早晨匆匆忙忙地上学，晚上乘坐末班车回家。那时我唯一的快乐就是每天可以两次看到汉江。我靠着座椅，阅读那些有着我无法拥有的面孔的六十年代作家的文字，感觉心情无比舒畅，这时地铁飞快地通过汉江间，二十世纪的风景碎片似的涌进车窗，我连忙转身看向窗外。桥下静静闪光的江水……首尔的大河，每当我看到它，就像喝一杯热茶，清清净净的孤独沉向心底。与此同时，我也会真切地感觉自己是离家在外。正如所有发光的事物,江水总是飞快地逝去。

傍晚的太阳斜斜地落在拆迁的小区。走着难走的放学路,也许我想重新纠正内心的语法,尤其是面对新环境和二十岁无法回答的问题。新的语言在体内孤独而忙碌地形成,周围却是那么寂静。当我突然抬头,看到的就是那扇窗户。一如往常,灯亮着。我停下脚步。它总是在那里,这没有什么奇怪。那天,当我看到飘在空中的窗户的瞬间,当我面对像书一样展开的方形灯光的瞬间,我突然想叫他的名字。如果叫了会怎么样?全鸡店门前,摩托车轰隆隆地出发,送外卖去了。我怔怔地望着天空。高积云飘过天际线,如同稀里哗啦——跟随季节移动的地球——的庞大思维。移动的影子下,站着年轻而胆怯的我。我想爬上高高的山峰呼喊,爸爸!放首歌给我听!仿佛天上的羊群会开口附和,与我同唱山之音乐队①的《你的意义》。不,十几年前李范学②演唱的《不是离别的离别》会不会更好?见到他之前,我可不可以先唱一首痛快的离歌?高高地举起手,我的爱,再见,再见。最后我竭尽全力,却非常小声地叫出了那个人的名字:

---

① 1972年由金昌完与弟弟金昌勋、金昌益组建的乐队,1983年宣布解散,代表作有《回想》《青春》《你的意义》等。
② 李范学(1966—),韩国歌手,代表作《不是离别的离别》发行于1991年,是当年最受欢迎的热门歌曲之一。

"斗植啊!"

……喉咙里发出金属的声音。沙哑的嗓音让我难为情,于是干咳一声。我的嗓音恐怕无法到达《你的意义》的高度。不假思索地叫出的名字,似乎还应该再叫一次。也许是因为全鸡的香味让我感到饥饿,我咽了下唾沫,然后又叫了一遍那个人的名字。

"斗植啊!"

……没有动静。我的身体轻轻颤抖。我只是随便开个玩笑,万一他真的回答了,那可怎么办?我有些恐惧。驱赶云团的风走在前面,我什么都不管了,最后叫出那个名字:

"崔斗植!"

……220伏特的月亮浮在额头之上。周围死一般寂静。他缺席造成的寂静充满了整个世界。那个瞬间,我喜欢上他了。

*

地球在转,地铁也在转。风吹啊吹,世上最令人愉悦的风就是地铁六号线空调吹出来的风,他嘟哝着说道。

"为什么,前辈?"

他吮吸着"曼罗娜"雪糕,不冷不热地回应道:

"因为舒服啊。"

"是吗?"

"是的。"

"我也是。"

"什么?"

"风,像这种从地下吹来的地铁风,如果我们用全身去迎接,感觉体内的什么东西在肆意摇摆。"

我为自己突如其来的好口才感到难为情,说出了幼稚的话。

"那种风,"前辈说,"对身体不好。"

我停下脚步。我们面前有两条胡同。前辈和我视力都不好,还都没戴眼镜。前辈犹豫片刻,明明不知道路,却昂首挺胸地走向一条。我紧跟在后面,自言自语:

"所以说,像现在这样走着走着,我感觉有几十辆地铁在我脚下游泳。"

"嗯。"

"我想这些会不会最终形成城市的音乐。"

前辈静静地望着我。

"是啊,地铁像个大转盘,整天在地下旋转,制造出孤独和心酸的音乐。"

前辈简短地说道。嗯,我手里的"大白鲨"冰棍儿①开始滴水了。前辈刚刚给我买的。

"风车?"

"什么?"

"地铁。"

我抬起头,望着隧道桥。

"这里也是。"

前辈也跟着我抬起了头。

"这里是地铁站附近吧?"

嗯,前辈心不在焉地舔着"曼罗娜"。他的样子在我看来很帅。

"前辈什么感觉?"

"什么?"

"六号线的风。"

前辈思考片刻,不以为然地回答说:

"没什么,人又不多。"

我黯然神伤。前辈大概觉得自己的回答没有诚意,又补充道:

---

① 由韩国乐天公司于1981年开始生产,创意来自美国电影《大白鲨》。

"夏天里,在几乎没人的时间进入地铁车厢。"

"嗯。"

"踏入自动门的瞬间,全身的热气都挥发了,体温立刻降低。"

"是的。"

前辈嘴里含着棒棒糖,似乎有些惭愧地自言自语:

"我喜欢那种时候过于真实的舒适感。"

"还有那时的风,"我说,"那种风对身体不好。"

地球在旋转,地铁也在旋转。旋转,弯曲。那天夜里,住在我们心里的胡同好像也极度倾斜。展现在我们面前的胡同,正如在字里行间隐藏意义的情书,明白却又含糊,平凡却又美丽。前辈辛勤地转向这边,又转向那边。时而上坡,时而下坡。时而出现,时而消失,在迷宫般的路上摸索前行。我跟随前辈转向这边,又转向那边,时而上坡,时而下坡,时而出现,时而消失,像小鸟似的叽叽喳喳。胡同时而弯曲交错,时而直铺在眼前,时而又连接另一条陌生的路,时而变窄,成为一条,时而又变成很多条路。我们面前又出现了岔路。前辈走上其中一条。前辈的背影恍恍惚惚,岌岌可危,正如大步走进古老故事里的人影。我配合前辈的脚步快走。前辈接着说道:

"就那么懒洋洋地坐在六号线的角落,在地下旋转的时候。"

"嗯。"

"头靠着椅背,吹着温度合适的空调风的时候。"

"嗯。"

前辈停下脚步看我。我也跟着前辈停了下来。前辈盯着我的眼睛,低声说道:

"我觉得自己来首尔来对了⋯⋯"

我听到地铁在隧道桥上全速驶来的声音。我咽了口唾沫,咬了一口冰棍儿。一条指甲大小的鲨鱼扑棱棱跳到胸前,摇摆着尾鳍消失了。我们一时无语。

"前辈!"

"嗯?"

"我想问一下。"

"好。"

前辈很自信的样子,好像在说,随便问吧。

"前辈的房间很热吗?"

前辈稍作迟疑,又一本正经地回答:

"当然。"

那个夜里,月光明亮,心情却是隐秘的。前面第二条路好像就是刚才走过的那条路。胡同湿乎乎,仿佛回忆理所当然就该这样,我们被黄色的路灯光笼罩。正因为如此,那天夜里我们的影子比平时更加沉重。

"啊！喝酒之后吃冰棍儿，真美味！"

我张开被色素染黑的嘴唇，灿烂地笑了。一只手黏糊糊的，我很想找个地方洗干净。我还是想这样和前辈……再多走一会儿。

"我的房间呀，即使在夏天，到了雨季，房东大婶也会烧暖炉。像这种日子里，我记得我和她还会紧紧拥抱。"

接下来，前辈的话令我无比伤心。

"我真不知道，那时我们是怎么做到的。"

"……"

前辈谈论较多的话题是他的爱情故事。每次听到前辈说这些，我都会闷闷不乐，真想一头扎进沙堆里撞死。我为自己无法成为前辈的"初恋"而委屈，失落。遇见前辈之前，我为什么要戴着奇怪的发夹去上"晚自习"。前辈和她相拥的时候，我为什么却在诋毁老师，或者受罚。

"已经三十分钟了。"

"是吧？"

"是啊。"

"但是呢。"

前辈朝我走过来。我向后退。

"干，干什么？"

前辈继续向我靠近。

"我想说的是……"

我缩着肩膀,声音里夹杂着不安和期待。

"什么?"

月光暗淡,如果可以抓住,我真想把它粉碎。前辈顾左右而言他。

"出口究竟在哪里?"

那天从傍晚开始,我都在和学校里的朋友们玩耍。我们喝醉了,谁都没带钱,却都毫不担心地进入第二轮。再没地方可去了,我们就随着高年级的前辈去了她家。学姐的家离学校很远。如果不是通过文学,我们绝对不可能认识。那天我们全然忘记了文学,一边偷偷瞟着各自的意中人,一边豪气干云地走进胡同。我们刚刚有了亲密感,还想再走近。我记得我们这群人制造的玩笑和谎言把胡同变得喧闹不堪。学姐的房间是位于七层建筑最顶部的阁楼。我们踮着脚,一个接一个爬上楼梯。黑暗中,站成一列互相碰撞、摩擦,走在漆黑的楼梯上的醉鬼,就是我们。有人喊"啊呀",立刻吸引了所有人的注意。显然,学姐经常因为这种事惹得邻居们讨厌。我故作腼腆状,被动地跟着前辈们。首先是因为我不会喝酒,而且我也暗下决心,要在所有人都喝醉的时候,尽快让自己变成大人。学姐打开房门。走进房间,我们顿时安静下来。那里有很多书,让人觉得很神圣。年轻的醉鬼们深感愧疚,当然也只是暂时的。我们继续胡说八道,继续喝酒,争吵,喋喋不休。有人进出卫生间,有人煮方便面,有人拿出诗集朗读,有人打听房租。斗植前辈好像在逗人笑。他总是很受欢迎。某个同级的同学站在晾衣架下,努力往头上戴晾衣钩。问号状的钩子在他额头上凸出来,像角。这个酩酊大醉的家伙冲出门外,说很快就有重要启示抵达。几名同学兴高采烈地跟着他跑出去。干洗店的晾衣钩很容易弯曲,完美地戴在每个人头上。紧接着,斗植前辈头戴晾衣钩跑了出去。我扑腾站起来,迅速戴上晾衣钩,追随前辈。一群人在地上铺开报纸,团团而坐。他们像邪教徒似的双臂高举,等待启示的到来。我悄悄地混在他们中间坐下,怪罪起那名同年级的同学。同年级的家伙伸出晾衣钩,朝我做恶作剧。我也不甘示弱,拿衣钩戳他。我们像斗角的美丽犀牛,竭尽全力做着无聊的举动。这时我看见斗植前辈上身前倾,准备倒酒。我又一次朝同年级的家伙探过头去,不料就在那个瞬间,我的身体不听使唤了。我的问号和斗植前辈的问号撞车了。我涨红了脸,一动不动。我想爬上高高的山峰呼喊,爸爸!放首歌给我听!不知为什么,我觉得只要这样呐喊,天空就会流下奚琴①演奏的《温柔地爱我》。斗植前

---

① 一种拉弦乐器,类似二胡。

辈和我额头对着额头，急得像热锅上的蚂蚁。其实，只要一个人扔掉晾衣钩就可以了，然而我没有想到这个办法。大家都只是笑，谁也不肯帮忙。我和前辈不停地摆头，总算解开了。我们喝了泡沫尽消的啤酒。夏天的风吹过头顶。大家纷纷摘下晾衣钩，聊起别的话题。我喝着啤酒，观察前辈的脸色。前辈仍然仰望天空。那表情似乎是在等待什么重要的启示。我冲着天空摇头问道：

"怎么说的，前辈？"

前辈说：

"你想知道？"

我点了点头。前辈说等一下，就卖起了关子。过了一会儿，他像传递从天而降的启示似的，调皮地喃喃自语：

"没有什么比心更糟糕。"

学姐帮大家铺好被褥，然后回了自己的房间。我把被子拉到下巴，望着天花板，等待时间快点儿过去。静静地躺着忍耐，这是我最拿手的事。

没过多久，我就偷偷离开了。很快就有首班车了。我摸索着走下长楼梯。走到楼门口，我遇到了正在系鞋带的斗植前辈。前辈惊慌地问道：

"你怎么出来了？"

"我要回家，前辈呢？"

前辈也准备回家，他说在陌生地方睡不着。前辈说，如果我打算去地铁站的话，可以和他一起走。我愉快地点了点头。路很黑，我正害怕呢。那时我还以为只要跟着前辈，什么地方都会很容易找到，都可以轻松到达。前辈领先我半步，走在前面。我望着前辈的背影喃喃自语，前辈的影子也那么帅。

我们在胡同里发疯似的转了一个小时。前辈不停地辩解。哦，奇怪呀？不是这儿吗？难道是那边？他反复说着类似的话，偶尔问我腿疼不疼。我说我没事，你还是快点儿找路吧。前辈让我相信，边说边走上一条错路。我们说着以前的事。前辈以前好像喜欢过某个人，直到现在还会为她而把钥匙藏在某个地方。没想到前辈话这么多，我暗自失望，甚至想发个小脾气。这么好的年华，前辈为什么总是回头看，请你吃根"大白鲨"冰棍儿就了不起吗？

"我刚才说到哪儿了？"

我闷闷不乐地回答：

"前辈送那个女孩回家。"

前辈说对，然后接着说道：

"我从小就是路盲,走一次肯定记不住,走两次也会忘记。"

不用说,我也看出来了。前辈刚刚恋爱的时候,女孩就住在距离前辈步行三十分钟的地方。考虑到前辈对首尔地形不熟悉,她把从前辈家到自己家最近的路线告诉了前辈。很长时间里,两个人就一起走那条路。前辈迟疑着说道:

"可是,直到和她分手很久之后……"

我注视着地面。

"我才知道,她告诉我的那条路,竟然是最远的一条。"

"……"

我不知道前辈想说什么,只是在心里猜测,前辈房间里的灯现在是不是也亮着,前辈喜欢的女孩长什么样?我是典型的北方人面孔,她肯定是个时尚的南方人吧?我一夜没睡,脸上是不是油乎乎的?头发有点儿痒,可以挠一挠吗?这样担心的时候,沾满灰尘黏糊糊的手一会儿握起,一会儿松开。我很想听前辈继续说下去,也想提醒前辈换个话题,可是我又不知道该换什么样的话题。我想表达点儿什么。或者,传递个信号也好。虽然有些难为情,有些惭愧,但现在我们走的这条路恐怕最适合说这种令人面红耳赤的话了。

"前辈……"

前辈转过头。喊完前辈后,我不知道该说什么了。说我喜欢他?

是不是太笨拙？要不要像日本漫画中的女生那样，羞答答地说，我们交往吧，前辈？现在说这个合适吗？这个人，总是说从前的事，是不是在拒绝我？还是和我在一起就那么放松？要不要约他明天看电影？会不会太俗气？此时此刻，俗气的反而是最好的，不是吗？最后我下定决心。像很久以前在他家窗前那样，决定再次呼唤前辈的名字。

"我想说的是……"

"……"

我双手暗自用力。

"前辈。"

前辈呆呆地看着我，眼睛瞪得很大。当我缓缓张开嘴唇的瞬间，前辈慌忙指着远处喊道：

"在那儿！"

我大吃一惊，往前辈指的方向看去。远远地，我看到一辆辆汽车的灯光。我转过头，前辈露出放心的表情，说道：

"那边，看到了，出口。"

至于我们选了哪条路，心里怀着怎样的愤怒和犹豫，这里暂且不说了。我们决定再看看我和前辈正在徘徊的这条路，这条长长的复杂又弯曲的胡同。不知为什么，我感觉直到现在，还有两个年轻人在那条胡同里徘徊，还没有从里面走出来。挂在脚尖上的影子，跟随着日升日落的速度发生变化。东张西望地寻找，是这里吗，还是那里？地球在转，地铁也在转，或许我们就走在漫长而扭曲的时间里，编写着我不知道的故事。众多的道路中间，也许就有二十多年前通往山顶村庄的胡同在扎根。他们在香蕉脆和包装袋飞舞的废墟里发现了空房间，漆黑的空房间，站在四四方方的空白之间，久久地持续着未完成的吻。那样的瞬间，恐怕不需要任何音乐。

*

我每天两次经过汉江，往返于家和学校之间。我不会再因为找不到姨妈的家而四处徘徊，不过今后还会有几百条路等着我去徘徊。我不知道前辈的消息，只知道前辈休学了，联系不上。我不动声色地打听前辈的消息。人们大多含糊其词，谁知道呢，会不会去外地了？要么就是可能遇到了什么不好的事吧，电话也打不通。大学休学不是普通的小事。大家都很想知道前辈的情况，然而那时我们有期中考试，还有失败的恋爱，每个人都有自己的生活之苦。如果一年后前辈回来，每个人都会开心地和他握手，然而他的确是渐渐被遗忘了。不论前辈是因为什么事而离开，他消失不见的事实都令我焦躁不安。每次走过学校门前，我都会抬头看看前辈房间的窗户。那扇窗一如往常，静静地亮着。只是那道光不会告知他是否存在。在他的窗前，我几次呼唤他的名字，然后垂头丧气地离开。突然间，我意识到在见到某个人之前先知道他的名字是多么危险的事。

我渐渐适应了首尔的生活。我说服妈妈，租了个小小的自炊房，自己打工赚钱，和朋友们喝啤酒，同时听她们教我自然的化妆技巧。我呆呆地注视着从我头顶流过的时间，上学、吃饭、在出租房里休息。渐渐地，我不再对前辈的事情感兴趣了。我觉得以这种方式来来去去的人应该让人讨厌。

一个傍晚，我沿着学校门前的山坡慢慢地往下走。天空中出现了久违的高积云。风吹过银杏树林。我在商街周围走来走去。我想挑几件价格不贵的食物，填饱肚子。全鸡店进入我的视野。这个店就在前辈住的建筑物里。我轮番注视着全鸡店和前辈的房间。炸鸡的香味如同影子，在建筑周围弥漫开来。饥饿感油然而生。很长时间里，我一直努力不让自己抬头看，可是当我站在灯光之下，不知为什么，我就觉得他肯定在房间里。以前为什么就没想到呢？说不定他还在那里吃饭，睡觉，出门工作，而我却只顾注视着他消失后的位置。我鼓起勇气，决定上楼看一看。

我点了一只鸡，一半做成调味，一半做成脆皮。我跟店老板打听前辈的情况。啊，楼上那小伙子？说完他摇了摇头，说房间里亮着灯，应该还在里面吧。我提着炸鸡袋，站在楼梯下。潮湿而细长的黑暗张着嘴巴，无尽地延伸。我调整呼吸，一步一步向上爬楼梯。我不知道该对前辈说什么。他也许会生气，也许会欣喜地拉住我的手。前辈的房间在三层走廊的尽头。我站在陈旧的门前。当，当，我敲打木门。里面没有动静。我继续敲门。没有人回答。我抓住门把手。铝质的惊恐触感缠绕着手掌。瞬间，伴随着冰冷的尿意，我的脑海里浮现出遗忘已久的场景。我和妈妈登上山顶村庄。狭窄蜿蜒的路和跑到门口的房东大婶灿烂的微笑。

妈妈把头探进门缝里，一位方脸大婶跑了出来。妈妈和大婶坐在廊台上说笑。大婶总是抚摸我的头。我不耐烦地抖着腿，四下里张望。院子某处传来樟脑球的腥味。妈妈问，是那个房间吧？大婶说，对，你第一次来的时候，我跟你说，那个房间里的小伙子整天挂在嘴边的姑娘就是你啊？妈妈露出颇有深意的微笑。不过现在好像没住人吧？

嗯，这里陆陆续续地拆迁。我悄悄离开廊台，去参观院子。妈妈看都不看我，专心致志地说话。我假装看种在红色盆子里的花和生菜，走进了妈妈指的房间。那个房间深插在主人房的左边内侧。我一边环顾四周，一边握住厢房的门把手。凉飕飕的金属感让我骤然生出几分尿意。我按捺住内心的忐忑，转动门把手。吱嘎——门开了。唰——黑暗和潮湿的水泥味迎面扑来。破裂的壁纸缝隙间，凌乱地盛开着蓝色、粉色、紫色的霉斑。我直挺挺地站在那里。不敢相信这里曾经是我们的房间。不知什么时候，妈妈已经来到门前找我了。我脸色苍白而僵硬，问道：

"这里为什么这么黑，什么也没有？"

妈妈抓住我的肩膀说，为了让你出现。

房门紧锁。我东张西望，想着前辈会不会把钥匙放在某个地方呢。这么回去，我不甘心。突然间，我想起和前辈徘徊在胡同里的情景。前辈说他在家附近藏了钥匙，以备那个女孩随时回来。听的时候没在意，现在我猜测他可能真的藏了钥匙。我怀着试试看的心情，掀起铺在门前的垫子。什么都没有。挂在门把手上的牛奶袋也翻过了，还是没有。我静静地想了想，踮起脚，摸了摸房门顶端。厚厚的灰尘中间，我摸到了冰冷而扁平的物体。本来只是猜测，等真的找到，我的心却坍塌了。我咽了口唾沫,把钥匙插进锁孔。灯光从门缝里涌出,令人头晕目眩。

一进房间,我就锁上了门。我看见一张小炕桌、一张书桌,还有钉在墙里的钉子。斗柜和几个方便面箱也映入视野。房间里干净得令人吃惊,因此更有废墟的感觉。我确信前辈没有走出太远。我突然不知道做什么才好。犹豫片刻,我发现墙上挂着晾衣架。那是随处可见的干洗店用的晾衣架,像某人留下的干干净净的骨头,挂在半空。我随手拿起晾衣架,戴在头上。也许会接收到出人意料的启示呢。我闭上眼睛,抬起头。虚弱的问号凸出在额头,冲向天空。我想起和前辈走过的路、吹过的夏日微风。仅此而已。任凭我怎样等待,都不可能接收到任何启示。很快,我便放弃似的睁开眼睛。我看到天花板上有些什么东西,那是不容易看到的痕迹。我皱起眉头,盯着天花板。斗植前辈的字迹。那是前辈喜欢的诗的末句:

我可怜的爱情,被关在空房子里。

突然间,我泪如雨下。我也不知道为什么会这样。我摘下衣架,挂回原来的位置。出门之前,我四下里看了看,摸到墙壁上的开关。

我觉得这是巨大的"浪费"。我下定决心似的，拉下开关。嗒——周围暗了下来。我关上门，走出楼门，远远看到那扇窗户和紧闭的黑暗。

不久后，我再次走进那个房间。我看到了木门，踮起脚找到钥匙。插入钥匙，扭动手腕。咔嗒——木门开了。黑暗从门缝涌出，令人头晕目眩。我伸手摸索墙壁，摸到了开关凸出的位置。我又像下定决心似的合上开关。嗒——灯泡里的钨丝轻轻摇曳。灯光不安地颤抖了几下身体，又像从前那样把周围照得通亮。确定灯亮之后，我关上了门。

孩子和岛

在这座春光明媚的岛上,在稀稀落落的淡绿边,在日常而悠久的劳动里,在莫名其妙的谣言和倦怠中,或者在可以呼唤某个名字的凉爽的风里,住着许多不停生孩子的人们。岛的名字叫作普莱迪特瑞克德。原来是和半岛相连的陆地,到了后冰河期随着海面上升,下沉成了岛。当时岛的周围除了大海什么都没有。宇宙给予这座岛的唯一礼物就是时间。仅此而已。

漫长的时间过去,几万次季节变换之后,一群人到达这个地方——他们最先做的就是给岛取名字。他们跟随首领找到岛的最高处,隔着云端看到了巨大的山峰。他们肩扛行李,经过悬崖、山丘、原野,爬到山顶。岛周围是红色的水,犹如羊水般荡漾。他们总算到达了山顶。看到展现在眼前的情景,他们失魂落魄。他们经过的洼地、峡谷和原野都连成了线，变成某种形状。这是只有在高处才看得到的巨幅画卷，兀自遵守着某种秩序。这本身就是某种美丽的古代象形文字。他们知道，哪怕不知道意思，也一定能读出来。他们的首领用不安和敬畏的目光注视着文字，终于开口念了出来。普莱迪特瑞克德。人们也跟着静静地合唱。普莱迪特瑞克德。于是，这座岛就叫普莱迪特瑞克德。多年之后的今天，牙齿脱落的老人们仍在讲述祖先的故事。那些文字为什么在那里？由谁创建？人们众说纷纭。岛却渐渐繁盛，变成了村庄。现在，那些文字已经消失不见了。

普莱迪特瑞克德很少有大陆上的人到访。这里不是观光胜地，而且是距离半岛最远的岛屿之一。住在这里的人不多也不少。他们的日常和我们称之为"生活"的东西差不多。每到春天，男人们就去海里捕捞银鱼。男人们捞起网里的银光，马不停蹄地忙碌。该有的东西都有，不必要的东西也可以愉快而静悄悄地共存。岛上有学校，有电视，有茶馆。作为重点保护动物的雕鸮，也曾经在岛上出现。这里是雕鸮重要栖息地的消息传出之后，普莱迪特瑞克德受到陆地和文化财产管理局的关注，这是自一万年前的后冰河期以来的第一次。这种情况很短暂，现在一只雕鸮也没有了。岛民认为，每当一个人死亡，就有一只雕鸮离去。如果某个人在某天夜里咽气，亡者就会发出呜呜的叫声，雕鸮发出嗡嗡的叫声，飞向月光。岛上还有很多活着的人，雕鸮却全部飞离了。岛屿入口，有一座蓝色的灯塔。每天夜里，岛上都会被灯塔和家家户户的小小灯光照得通亮。如果从天上看这番忙碌景象，就像从洞眼里透出光芒的长满麻子的黄星星。可以想象，在波涛滚滚的漆黑大海中间，有一颗沉在水里的星星。这颗星就是普莱迪特瑞克德。弯弯曲曲的道路上行驶着50CC的摩托车。孩子们的学校里，"咪"出了故障的风琴发出不安的伴奏声。百姓家的院子里耸立着比风还高的晾衣杆。普莱迪特瑞克德，现在这个岛不再是刻有古代文字的昔日的普莱迪特瑞克德，也不再是雕鸮栖息的自然保护区。这里很长时间没有发生任何事。但是，漫长的岁月里能始终保持平淡无奇，这本身就是奇迹。

普莱迪特瑞克德37号，蓝色石板瓦的屋顶下，住着这个故事的主人公。故事开始于几天前坠落的飞机和大麻田的火灾。那天，一架正在空中飞行的黄色轻型飞机失去方向，横冲直撞，最后栽倒在村庄里。机身落在灯塔上。机尾被火焰包围，坠落在大麻田。铺天盖地的浓烟笼罩了岛屿。直到两天后下了一场大雨，贪婪的火焰才停下来。人们被大麻的烟雾熏醉了，通宵达旦地唱歌跳舞。

孩子和岛

*

普莱迪特瑞克德的春天来得晚，冷飕飕的春风呼呼吹过，岛上的草毛骨悚然地挺立起来，继而倒下。男人们弯着腰，在阳光下补网。春天，岛的影子下，黑色的大海里，鱼儿把头探出水面。那天，37号蓝色石板瓦顶下的日常也和平时没什么两样。那里住着一个从未出过岛的七岁孩子和他的凶爷爷，还有读过很多书无所不知的叔叔。

那天下午，老人蹲在院子里，嘴里叼着烟，正在清理鱼腹。简单铺了水泥的院子里放着两个红色"盆子"。孩子躺在廊台，正从牡蛎刺身里挑梨吃。老人拿出长长的管子，微微堵住管口，清理院子里的血水。在彩虹色的水珠之间，老人瞟了孩子一眼，说道：

"不能站起来吃吗？"

孩子闻着春风携来的慵懒的血腥味，很想尽情地躺着。听了老人的责备，他不得不站起来。"没爹没妈的孩子"如何培养成"有教养的孩子"，这是老人长期以来的心愿。早在孩子吃奶的时候，老人就经常把孩子装在"盆子"里，带他去田里干活儿。老人一边驱赶飞到孩子小鸡鸡上的苍蝇，一边除草。他决心把孩子培养成正人君子。然而对于孩子来说，跟着爷爷生活非常辛苦，就像三名生父同时管教。每次听到大嗓门的爷爷的喊叫声，孩子都会吓得尿裤子。他早就知道控制大小便，最近尿裤子的情况却又骤然增多。这时老人总是发火，孩子更要尿裤子。孩子不怎么哭。老人似乎有些神经质，总是冲着表情比爷爷更像爷爷的孩子嚷嚷。从远处看，那样子就像一只没有完全进化的动物在向石头求爱。后院挂在晾衣绳上的孩子内裤随风摇摆。孩子用粉红色的小舌头吞咽着蛤蜊肉。蛤蜊散发出清爽的阴凉味儿。院子角落里放着老人自己削成的长杆。长杆顶端，蒙着纱帐的纯真的虾虎鱼们齐刷刷地仰望天空。孩子的视线停留于天空的某个点，然后渐渐移动。突然，孩子目瞪口呆，大声喊道：

"爷爷！"

老人进了仓库，没有回答。

"爷爷！"

老人拿着刀，探出头来。孩子的瞳孔突然扩大，猛烈的风吹过。

"那边！"

老人看向孩子的指尖。明净的天空，一架黄色飞机一圈圈旋转着向下坠落，机尾冒出长长的烟雾。飞机无可奈何地冲进了普莱迪特瑞克德呆板的平静里，这个场面自然而然，像花朵开放，像轻风吹过。老人眼神迷茫地追随着飞机的动向。啊！孩子发出惊叫声。正在撒网或在田里除草的岛民们也挺起腰，望着天空。不一会儿，伴随着咣的一声，飞机坠落了。普莱迪特瑞克德的草齐刷刷地竖起，倒下。孩子的裤裆突然就湿了，像埋在心里的爱情那么浓重。老人手搭凉棚，望着山坡。飞机插进了灯塔。灯塔很高，村子的各个角落都看得到。山坡上冒出了腾腾的烟雾。

"爷爷，那是什么？"

"我也不知道……好像是飞机啊。"

老人露出怪异的表情。

"可是那个，就像……"

老人好像在努力回忆什么，皱起眉头。

"就像……"

孩子也眉头紧皱。

"像什么？"

老人似乎想到了什么，不以为然地说：

"像雕鸮。"

不知从哪里传来浓烈的大麻气味，模糊而辛辣，不，甜丝丝中带着辣味，令人烦躁却又愉悦。孩子和老人都从来没闻到过这样的气味。穿着大短裤的孩子，两腿间流出热乎乎的小便，如泪水般流淌。

*

　　两个夜晚之后，大雨停了，人们继续干活儿。黄色轻型飞机像变凉的面包，淡漠地僵硬地插在灯塔上。普莱迪特瑞克德的春天，幽静而平和，一如往常。陆地上没什么消息。火灾发生的夜里，老人在孩子面前跳舞。老人哼唱着"我看见你爸的脸。蝴蝶呀，我们去青山。我看见了青山，还看见了你死去的奶奶漂亮的屁股"。爷爷边说边在院子里翻了三个跟头。孩子鼓掌。老人兴高采烈地躺在廊台上，让孩子坐到他的双脚上玩"开飞机"。孩子坐在祖父的脚上，每次飞起来都会哈哈哈哈地疯狂大笑。因为笑得太多，孩子的脸苍白得像病人。第二天清醒的时候，孩子和老人你看看我，我看看你，都很尴尬。

　　孩子的叔叔在雨停之后回到了家。他说雨太大，水路阻塞，无法回岛。老人像平时那样做农活，晾鱼干。老人在厨房或厕所里遇见孩子的时候，显得很腼腆。孩子望着不敢正视自己的眼睛，看上去像新娘子的爷爷，心想这种感觉太不自然了。孩子在灯塔周围转来转去，整天玩飞机碎片和零件。

　　第三天，他们坐在晚饭桌前，电视里播放事故新闻。一架不明来历的飞机，坠落在没有什么特别资源，也没有特别风光的"不起眼儿"的普莱迪特瑞克德。孩子吃着饭，打了个嗝儿。

"妈呀！"

老人放下筷子，注视着孩子。孩子摇了摇头，仿佛在说，我也不知道怎么回事。

"你刚才说什么？"

"……"

电视屏幕上出现了飞机和大麻田。大麻田被烧成了大大的心形。记者们好像是在所有人被熏晕的时候乘直升机来过现场。陆地上的人们似乎比想象中更快，更敏锐。男人推开饭碗，转移话题。

"爸，吃饭吧。"

电视机里传出记者的声音：

"坠落现场没有发现尸体，飞行员的国籍、坠机原因尚未查清。政府怀疑是为了躲避管理，走私枪支或毒品的国际犯罪组织的飞机。现在迫切等待黑匣子被发现。"

老人嚼着河蟹煮白菜，说道：

"真不知道这孩子怎么会说出没人教过的话。"

男人静静地望着老人。

"……"

老人感觉这沉默像是儿子的责备,于是用更加严厉的责备语气质问儿子的责备:

"怎么了?"

男人看着低头的孩子,说道:

"好像尿了。"

*

孩子躺在男人身旁。在院子里用水管冲洗过身体,现在下身感觉很清爽了。男人神色严肃地读着时事周报。孩子好奇地问:

"好玩吗?"

男人说:

"这种报纸不是为了好玩才看,为的是了解世界的情况。等你长大了,别的都可以不看,至少应该读一读时事报纸。"

孩子笑着躺在垫子上,哼着歌,想起了别的事情。岛村的傍晚,男人翻书的声音稀里哗啦,听起来格外亲切。

"叔叔……"

"嗯?"

孩子望着天花板,嗓音清亮地说:

"我偶尔想死。"

忘了是什么时候，孩子说出了"妈妈"这个词。对于孩子来说，"妈妈"陌生而难解，无异于第聂伯联合企业、氨基钠、赛璐珞等。同时，这也是个需要"解释"的词语。很久以前，孩子问到妈妈的时候，老人愤怒地说：

"你的妈妈根本不是人。"

不是人。这是孩子对妈妈的全部理解。37号蓝色石板瓦顶下，没有丝毫与她有关的东西，甚至没留下照片、衣服、掉齿的篦子。她像普莱迪特瑞克德的古老文字，某一天突然消失了。老人让孩子无法再说出"妈妈"这两个字。孩子的叔叔明白，嫁过来没几个月就成了寡妇的她美得多么彻骨，拌海带的手是多么灵巧，背着生病的公公跑向码头时的脚步又是多么轻快，老人有多么疼爱她。她说回娘家，却客死他乡。在发生火灾的旅馆房间，和裸体的男人一起死了。几件随身用品和烧剩的红色文胸的圆形钢圈，孤零零地留在现场。老人背着孩子，哽咽着说，我儿子尸骨未寒啊。从那之后，每当孩子找妈妈的时候，老人就大吼大叫，恨不得掀翻邻居家的瓦盖。

叔叔是孩子的偶像。这个男人曾经是普莱迪特瑞克德最出色的小学生，尽管全校只有十二名学生。他的成长都是百科词典的功劳。小学三年级的时候，老人花大价钱买了一套百科词典。这是从远方乘船而来的销售员游说了两个多小时的成果。百科词典由出处不明的幽灵公司编写。纸张质量很差，照片或图片也乱七八糟。百科词典第一卷的主题是"宇宙"。哼哧——男人打开比自己胸膛还宽的书。辽阔的宇宙立刻展现在桌面。面对星云、恒星、太阳系的照片，他感到深深的震撼。摇曳的光似乎在冲他说话。男人开始认真阅读百科词典。里面有很多错误内容，但是没有人敢反驳他。因为在普莱迪特瑞克德，拥有百科词典的只有37号蓝色石板瓦顶家的他。老人之所以买这套百科词典，是因为附录中的成人用"夫妻百科"。男人翻柜子的时候，无意中发现了这套百科词典。书里有各种姿势滑稽的男女赤身裸体地纠缠。男人明白真正的附录不是夫妻词典，而是百科词典，哭着跑出了家门。两天后，他带着一张成人面孔回来了。男人越来越聪明。某次以青少年为对象的太空人选拔比赛中，他从两万多名参赛者中脱颖而出，进入最后的决赛。这是远方大陆的太空机构举办的比赛，如果被选中，一年之内将接受七十多项训练，还有机会乘坐宇宙飞船。岛上的人们都为男人助威。有位长辈还给了他很多钱，请求他务必在宇宙里喊三次他的名字。男人在太空人选拔决赛中得了第二名。那个时候，男人的哥哥死在海上。后来每当生活不如意的时候，男人就会感叹，如果我在决赛中没落选就好了！现在，男人的工作是为往返于码头和陆地之间的人们检查船票。不需要什么特别的技术，只要在乘船者的票上打个孔就可以了。这样一个人，为什么总是做出"全校第一名"的表情，谁都不得而知。直到现在，他仍然在阅读百科词典。孩子问什么，他都能回答得很流畅。在孩子心目当中，叔叔是英雄。叔叔的话很多他都听不懂，却也因此更加相信叔叔。

孩子仍然用清澈的眼睛望着天花板。男人眨着眼，不知该说什么才好。总不能把烧剩的红色文胸讲给孩子听。

"叔叔，你能再讲一下参加太空人比赛的事吗？"

孩子说道。

"嗯，以后吧。"

男人无精打采地说。孩子指着百科词典问道：

"叔叔，这个你真的都读完了？"

男人像是听到了全世界最喜欢的问题，恨不得永远有人这样问他似的眉开眼笑。

"当然了。"

孩子瞪着水汪汪的眼睛，说道：

"叔叔肯定是真的无所不知了。"

男人强忍住骄傲的微笑，和蔼地说：

"当然。"

孩子艰难地开口说道：

"那么，我问叔叔个问题，你愿意告诉我吗？"

男人点了点头。孩子说：

"不过要保密。"

男人答应了。又有炫耀的机会了，他非常开心。

*

孩子拿出一个橙色的盒子，跟码头用的票盒差不多。孩子是从后院竹林里拿出来的。

"这是什么？"

男人有些慌张。他以前也没见过这东西。截止到目前，男人还从来没跟孩子说过"不知道"。男人看着孩子的脸，在盒子周围转来转去。表面光滑，由金属性的物质做成，上面沾有烟灰。男人把鼻子凑上去闻了闻，摇晃几下。他觉得自己以前见过这东西，至于是在哪里见过，那肯定是百科词典。男人仔细回忆，终于想起了那东西的名字。

"黑匣子！"

"嗯？"

"黑匣子。"

"那是什么？"

男人耸了耸肩，说道：

"就是黑色的匣子。"

孩子歪着头。

"那为什么是橙色的？"

男人后退了一步，大惊失色。"为什么，为什么是橙色？为什么是橙色呢？它为什么是橙色的？"男人飞速地构思答案。

"你的名字是什么意思？"

"嗯，爷爷说是智慧和勇敢的意思。"

男人问：

"那么你智慧又勇敢吗？"

孩子似乎明白了什么，使劲点头。

"啊啊。"

孩子问道：

"所以，这是什么？"

"所以，这是……"

孩子充满期待地望着男人。男人认真地说：

"这是，你的妈妈。"

孩子的小鸡鸡里流出一滴尿。

"你说什么？"

"妈妈。"

不管叔叔说什么，孩子都相信，然而这次他露出了无法理解的表情。

"什么？"

纷繁的知识像大爆炸似的掠过男人的头顶。他慢条斯理地继续说道：

"你看，最初地球上没有任何生物的时候，只有充满甲烷、乙烷和氮气等奇怪气体的空气。你明白我的话吗？"

"不明白。"

"好，反正就是有这种空气存在。这些空气自行混合，生出了电，还做成了鱼。恐龙，对，你知道恐龙吧？恐龙也是做出来的，还做出了树。"

"嗯。"

"后来有了狮子，有了猴子，地球上出现了很多东西，人类真的是很长时间之后才出现。那么人类的祖先会是谁呢？"

孩子想起以前听叔叔讲过的故事，信心满满地回答：

"猴子!"

"对,猴子,那么猴子的祖先呢?"

孩子陷入沉思。

"是恐龙啊,小家伙!因为在猴子之前是恐龙,恐龙的祖先是鱼,鱼的祖先是甲烷、氮气之类的空气。所以说人类归根结底还是来自这种'空气''风'和'阳光'。这就是我们真正的祖先,懂了吗?"

孩子摇了摇头。

"不过,这些空气和风已经创造出了万物。我们的祖先可能是南太平洋的金枪鱼,可能是椅子,可能是不锈钢压力电饭锅,也可能是这个黑匣子。"

"为什么?"

"因为都是同一位祖先。"

男人像是在劝说孩子相信,继续问道:

"每次说到你妈妈的时候,爷爷都是怎么说的?"

孩子闷闷不乐地回答:

"你妈妈根本不是人。"

"对吧?"

孩子使劲点头。

"啊啊。"

"明白了吧？"

孩子的表情好像是理解了，当然也是维护叔叔的面子。黑匣子是妈妈，其实他觉得这话不可思议。男人轻轻推了推孩子的后背。

"来，叫妈妈。"

孩子静静地望着黑匣子。正六面体的黑匣子在月光下散发出宁静的光芒。孩子转头看男人，男人像是下达必须有人做出的许可似的点了点头。孩子用颤抖的声音说道：

"妈妈……"

黑匣子没有回答。孩子又大声叫了一遍：

"妈妈……"

孩子的眼神在颤抖，像是没拍好的照片。男人轻轻搂住孩子的肩膀。

"这就对了。"

孩子用颤抖的声音问道：

"妈妈为什么不说话？"

"这是因为，如果彼此生为不同的物种，就不能进行对话。不过，如果你俯身下去，应该可以察觉到什么。我们可以自己去寻找方法，现在你和妈妈就是这样。"

"为什么？"

"这是宇宙的逻辑。"

孩子还是满头雾水。不过，想到妈妈以这种方式找到了自己，他很感激，也相信叔叔的话，所以有些心痛。孩子蹲在黑匣子前面，像孵蛋似的静静地抱住黑匣子。起先很凉，抱得久了，自己的体温传递到妈妈的铁质表面，一切都暖和起来了。孩子的心脏在扑通扑通地跳，他问道：

"我可以把它带回房间吗？"

男人连连摆手说不行，爷爷会把它扔进大海的。孩子一脸茫然。

"怎么了？"

孩子回答：

"开心。"

柔和的海风吹过两个男人之间。男人觉得很像从前，那时自己刚刚喜欢上某个人，走在回家路上就吹过这样的风。孩子久久地站在那里，呼唤着妈妈。黑匣子似乎有点儿害羞。回去的路上，孩子问：

"她会不会冷？"

男人小声说：

"没关系，黑匣子内向而且敏感，不喜欢别人过分关心自己。"

两个人背后是孤独耸立的灯塔。灯塔闪烁着微弱而温暖的光芒。远处，一架断尾的黄色轻型飞机正俯视着他们。风从飞机两翼间吹过，发出嗡嗡声，从远处依稀传来，就像雕鸮为亡者哀鸣时的嗡嗡的哭泣声。

*

几天后，一架直升机的螺旋桨发出刺耳的声音着陆了。里面坐着身穿蓝色制服的信息员、研究员和记者。他们在全岛最高的山峰上搭了帐篷，准备了食品、折叠床、书桌、杀虫剂、防晒霜等用品。一名信息员拿起望远镜，低头观察普莱迪特瑞克德。大麻田里留下了大大的心形痕迹。信息员涨红了脸。他们来岛上就是为了寻找黑匣子。陆地上的人们看上去很是不安。有人发出军事警告，有人做出科学分析，还有人主张有外星人存在，他们都提高嗓门儿说，我们一定要找到黑匣子。寻找黑匣子是坠机之后理所当然要做的事情，并不需要大声宣扬，然而他们之所以提高声音，只是因为没有别的话好说。他们集体赞同的是黑匣子里藏着真相。他们戴着白手套，连续几天在事故现场调查，搜集可以作为线索的东西，到人家访问。到了傍晚，他们就到山坡上欣赏被夕阳染红的大海。有人会心生感慨，甚至热泪盈眶。

孩子没日没夜地去后院玩儿。老人似乎没在意。孩子和黑匣子对话。喜欢的和不喜欢的，早晨吃了什么，爷爷的梦话，最近看的漫画，体重的变化，他像小鸟似的叽叽喳喳，说个不停。黑匣子静静地听孩子说话，没有回应，没有责备，也没有干涉。他们的对话平静而自然。男人为孩子担心，却还是假装什么也不知道，出去工作了。他想再给孩子点儿时间。

没过多久，信息员们来到了37号蓝色石板瓦顶的家。他们向老人问了几个问题，然后打开酱缸看了看，仓库里面也看过了。孩子屏住呼吸，注视着他们的一举一动。老人双手背在身后，跟着信息员刨根问底，是哪个国家的飞机？怎么会坠落呢？信息员们说自己也不知道，您能让一让吗？孩子悄悄地走向后院，一名信息员叫住他，问道：

"小朋友！"

孩子停下来，尿哗啦哗啦流下来。老人咂着舌头，连连摇头。信息员惊慌失措地问道：

"这是怎么了？"

"哎哟，这孩子本来就这样，身体不好。"

信息员在手册上记录"身体不好"，把笔放回口袋，然后像是抛出最重要问题似的问道：

"不过在这里，哪家的生鱼片做得最好呢？"

信息员经常出入 37 号。即便是问过的问题，也一遍又一遍地再问，然后不甘心地离开。每当这时，孩子都会冷汗直冒。信息员看他一眼，又在手册上写下什么。男人早早下班的日子，信息员们还掀开锅盖看了。他们说，黑匣子不可能从这个小岛上消失，肯定藏在某个地方，如果我们找不到，那肯定是被人藏起来了。那个人应该和不法组织有关系，绝对不会放过。说完他们就走了。这话并不是针对 37 号。事情没有进展，信息员们对村民们穷追不舍。真是什么人都有，男人暗自气愤。

*

虾虎鱼们聚拢脑袋，躺在宽敞的铜盆里。鱼鳞上撒了辣椒粉。老人用瘦骨嶙峋的手挑着鱼刺。窗外云层很低，迅速流动。孩子吮着鱼头听新闻。新闻说飞机坠落事故陷入了迷宫。屏幕上掠过村民们的面孔。他们在接受采访的时候总是跑题，胡说八道，大部分都不知道黑匣子是什么。记者说：

"政府不久就会派出高性能的 X-50S 探测器，追踪黑匣子的原料，也就是一种特殊合金。"

孩子和岛

男人看了看孩子。孩子不假思索地拿起比自己的脸更大的碗，喝锅巴汤。刚放下勺子，孩子就说吃饱了，然后撒腿就跑。男人和老人坐在电视机的灯光前，继续看新闻。

老人站起身来，说是要去仓库，让男人收拾饭桌。老人拿着手电筒，穿上沾了泥土的胶鞋。男人不安地望着老人。果然不出所料，老人刚走出大门，就听到了奇怪的声音。像是哪里传来的风声，又像有人嘀嘀咕咕的说话声。老人踮着脚，往声音发出的方向看去。那是竹林所在的后院。老人像野兽似的用明亮的夜眼凝视着黑暗。他看到孩子贴在酱缸旁，自言自语。老人用手电筒照过去。孩子吓得仰倒在地。

"你在这里干什么？"

孩子扑腾站起来，用身体挡住黑匣子。

"嗯？什么也没干。"

老人拿着手电筒，朝孩子走去。孩子向后退了几步，从他的两腿间隐约看到某个橙色物体。

"那是什么？"

孩子夹紧双腿，说道：

"什么都不是。"

"你让开。"

孩子一动不动地撑在原地。老人把他推开。老人刚碰到黑匣子，孩子立刻冲上来说，不要！老人知道，这东西和陆地上的人们寻找的"黑匣子"有关系。

"不可以，给我。"

老人双手拿着黑匣子，低头望着孩子。

"臭小子！你做了什么？你拿了这个东西，会被带到可怕的地方，不知道吗？嗯？"

老人责备着孩子，做出要把黑匣子扔到地上的架势。男人听到声音，从房间里跑出来，抓住老人的胳膊。

"爸爸！您忍一忍。"

老人夸张地做出寻找铁锹和镐头的样子，嚷嚷着："我要把它砸碎！"

"你敢偷东西？嗯？"

孩子的裤子湿透了，两腿瑟瑟发抖。男人站在孩子面前，向老人求情：

"爸爸，这是我今天在码头附近捡回来的，感觉这是个奇怪的玩意儿，准备交给陆地上的人。"

老人满脸狐疑地看着儿子。

"孩子可能觉得新鲜，明天我就把它放回原处，您消消气吧。"

老人轮番打量着男人和孩子,满脸不悦地回房间去了。

男人和孩子并排躺在被子上面。对面房间的老人蹲在地上剥蛤蜊,偶尔打瞌睡。男人抚摸着孩子的头发,说着无关的话。

"你有喜欢的人吗?"

孩子垂头丧气地回答:

"嗯?以前有过。"

"那你亲过她吗?"

"没有,叔叔你呢?"

"当然亲过,叔叔是大人了。"

男人接着说道:

"和喜欢的人亲吻,你会感觉自己很雄壮。"

孩子的好奇心似乎被调动起来了。

"那是什么感觉?"

"怎么说呢,把重物放在大气层,它会因为重力而快速下降,消失得没有痕迹,对吧?嗯,就是在彻底燃烧,碰到地面之前消失。"

"嗯。"

"就是这种感觉,接吻。"

孩子感慨地说:

"很美好啊，接吻。"

男人微笑着说：

"当然了。不过，偶尔会有出故障的飞机碎片之类离开宇宙，在这个过程中受到地球引力的作用，永远在附近旋转。"

"永远？"

"嗯，现在我们头上就有很多这样的碎片在旋转。虽然看不见，但就在远处旋转。"

孩子把被子拉到下巴底下，说道：

"好累呀。"

男人小声说：

"我们，去看看黑匣子好不好？"

"为什么？"

"去亲吻妈妈。"

后院传来竹子被风吹过的声音。孩子静静地望着男人。目光迷茫，连他自己也不知道这目光里包含了怎样的预感。

男人和孩子蹑手蹑脚地经过老人的房间，来到后院。老人手里握着刀，坐在堆着蛤蜊的"盆子"前打瞌睡。男人把黑匣子放在孩子面前。黑匣子看起来有些疲惫。沙沙沙——竹子在风中摇曳。风像被水浸湿的布，沉重而潮湿。男人犹豫片刻，开口说道：

"陆地上的人们很快就会来的，你也知道吧？"

孩子点了点头，目光中满是不安。

"他们会把你妈妈带走，好像是哪里需要。"

孩子低下头去。

"在此之前，我们把妈妈送到别的地方吧。"

孩子说：

"不要。"

"那你希望妈妈被那些人带走吗？"

"……"

"如果妈妈在这里，就会被抓走，所以我们必须把她送走。"

"送到哪里？"

"那里。"

男人指了指天空。

"这样你妈妈就会在地球引力的作用下永远在天空旋转，停留在你身边。真的，叔叔保证。"

孩子的脸色暗淡下来，一只脚蹭着地面。

"不愿意？"

"……"

过了很长时间，孩子才不得不说道：

"我该怎么做？"

"亲一下就好，然后闭上眼睛等待。不过在这之前要先和妈妈告别。"

孩子点了点头。男人退后一步，说道：

"有什么想说的话，也可以说出来。"

黑匣子沉默不语。孩子开口了：

"妈妈。"

"……"

孩子用嘶哑的嗓音大声叫道：

"妈妈。"

猛烈的海风从他们中间吹过。孩子断断续续地说了下去：

"妈妈从来没叫过我的名字，没有背过我，我生病的时候也没有抚摸过我，我回家晚了，妈妈也没有出去找过我，需要的时候总是不在我身边。所以妈妈不会帮我整理书包，不会帮我拔蛀牙，我受人欺负的时候也不会去找人算账。妈妈不会带我去郊游，不会参加我的开学典礼，也不会陪我睡觉，即使我得了奖，妈妈也不可能抚摸我的头，当我呼唤妈妈的时候，也不会有人回答，但是，但是……"

孩子放声大哭。

"但是……"

孩子脸上满是泪水,放声痛哭。风吹个不停。黑暗中,一片竹叶轻轻地落在黑匣子上。

"妈妈在和你告别。"

孩子像打嗝似的问道:

"妈妈说什么?"

男人说:

"让你保重。"

"……"

"妈妈让你保重,不管在哪里都要保护自己,那么她也会很开心的。"

孩子又呜呜大哭了几声。男人默默地站在他身边,任由他尽情哭泣。过了一会儿,男人对着孩子的耳朵窃窃私语。

"来,你也和妈妈告别。"

"说什么?"

"就说妈妈也要保重,然后让妈妈一路走好。"

孩子擦了擦眼泪,对着默默蜷缩在面前的黑匣子说道:

"再见,妈妈,您要保重。"

孩子接着说道:

"不管在哪里都要保护自己,那么……我也会很开心的。"

男人对孩子说:

"好,现在该亲吻妈妈了。"

孩子慢慢地走向黑匣子,然后用双手抚摸黑匣子冰冷的脸颊。孩子久久地注视着黑匣子,闭上眼睛,低下头,亲吻黑匣子。他在心里祈祷,让黑匣子来生成为更柔软的物品。啪嗒啪嗒,孩子的泪水落在橙色合金上面。躲在云层里的月亮渐渐露出头来,越来越圆,越来越白。

与此同时,老人浅浅地睡了,梦中看见一只鸟。不知为什么,那只鸟胸前戴着红色的文胸。老人突然自言自语,这个,很像雕鸮啊,很像雕鸮。老人抬头望着天空,久久地注视戴着文胸飞走的鸟。不知不觉间,他感觉泪水已经从脸颊滑落。老人朝着天空大喊:"呼——"大概还不满意,他又叫了一声:"呼——"老人用湿漉漉的眼睛望着夜空,喃喃自语:

"如果有来生,不要太喜欢人这个东西。"

鸟拍打着巨大的翅膀,飞进月光,嗡嗡叫着消失在天空尽头,消失在远方。

孩子和岛

*

再回到普莱迪特瑞克德的夏天。这座被明媚春光烘热的岛，在稀稀落落的淡绿边，在日常而悠久的劳动里，在莫名其妙的谣言和倦怠中，或者在可以呼唤某个名字的凉爽的风里，人们依旧不停地生孩子。岛的名字叫普莱迪特瑞克德。男人们穿着橡胶靴晒鱼。盛夏时节，岛的影子之下，黑色的大海里，鱼儿把头探出水面。37号蓝色石板瓦顶下的日常也和平时没什么两样。老人望着天空，清理鱼腹。男人每天早晨到码头检票。孩子长高了许多，从前的内裤已经不合身。现在，他不再尿裤子了。岛的入口处是村里最高的灯塔。一架长了青苔的轻型飞机像遗物似的插在灯塔上面。不时有鸟飞进破碎的玻璃窗，在里面孵蛋。陆地上的人们都走了。他们拿着某人放在灯塔下的黑匣子，离开时发出刺耳的螺旋桨声。因为黑匣子零件受损和杂音，坠机之前三十分钟的录音内容大部分都没能解读出来。驾驶员失踪，飞机国籍不明，这场坠机事故留下了几个疑点，渐渐被人们遗忘。他们只是艰难地从黑匣子里听到了驾驶员最后留下的隐隐约约的信息。只有一句话，再见。

作家的话

我思考作家们写"作家的话"的夜晚，勾画他们身体里流淌的语言、血液。萌发语言的力量或许来自试图阻止这种力量的运动吧？我勾画自己所不知的夜晚，所知的夜晚。不是"写小说的夜晚"，而是写"作家的话"的夜晚。它们都显得更小，因而变得亲近。

如果让我再写"作家的话"，我一定要说"谢谢"，哪怕因此变得无聊和俗套。有件事我常常以为自己懂，其实并没有真懂，那就是感激之词所蕴含的重量。作家们之所以常常说这句相似的话，我想就是因为他们身边总是有某个人陪伴。因为有了那个人，我才有光芒，才心怀感动。

现在我要说的就是我希望快点儿传递出去的话。我要向那些不舍得一一叫出口的名字说"谢谢"。那些说从我这里得到安慰的读者，不知道名字的您，我要借助附在书后的这个地方说一句，我也真诚地从您那里得到了安慰。

我的心情终于变得轻松。这种感觉真好。

金爱烂

2007 年秋

도도한 생활